Mary Shelley (1797–1851)

Oh, come to me in dreams, my love!
I will not ask a dearer bliss;
Come with the starry beams, my love,
And press mine eyelids with thy kiss.

'Twas thus, as ancient fables tell,
Love visited a Grecian maid,
Till she disturbed the sacred spell,
And woke to find her hopes betrayed.

But gentle sleep shall veil my sight,
And Psyché's lamp shall darkling be,
When, in the visions of the night,
Thou dost renew thy vows to me.

Then come to me in dreams, my love,
I will not ask a dearer bliss;
Come with the starry beams, my love,
And press mine eyelids with thy kiss.

Mathilda

Mary Shelley

玛希尔达

［英］玛丽·雪莱 著

王小可 译

天津出版传媒集团

百花文艺出版社

图书在版编目（CIP）数据

玛希尔达 / (英) 玛丽·雪莱著；王小可译. -- 天津：百花文艺出版社, 2021.1
ISBN 978-7-5306-8013-1

Ⅰ. ①玛… Ⅱ. ①玛… ②王… Ⅲ. ①长篇小说-英国-近代 Ⅳ. ①I561.44

中国版本图书馆 CIP 数据核字(2020)第 253654 号

玛希尔达
MAXI'ERDA
(英) 玛丽·雪莱 著 王小可 译

出 版 人：薛印胜
责任编辑：张 雪 **装帧设计：**郭亚红
出版发行：百花文艺出版社
地址：天津市和平区西康路 35 号 **邮编：**300051
电话传真：+86-22-23332651（发行部）
+86-22-23332656（总编室）
+86-22-23332478（邮购部）
网址：http://www.baihuawenyi.com
印刷：天津新华印务有限公司
开本：787×1092 毫米 1/32
字数：60 千字 **图数：**16 幅
印张：5.25
版次：2021 年 1 月第 1 版
印次：2021 年 1 月第 1 次印刷
定价：42.00 元

如有印装质量问题，请与天津新华印务有限公司联系调换
地址：天津东丽开发区五经路 23 号
电话：(022)58160306
邮编：300300

第一章

1819年11月9日,佛罗伦萨

现在才下午四点钟,但可能因为是冬天的缘故,太阳已经西沉。清朗的天空中虽然没有云彩来反射斜阳的余晖,但在那弥散着霜花的空气里,也略微染上了一丝玫瑰色,这色彩也投射到覆盖着大地的白雪上。我独居在旷野中的一所小屋里,与一切生灵隔绝了音信。我眼中的荒原白茫茫一片,只有零星的几块黑斑,那是太阳从远处山丘的尖顶投下的阴影。山侧的积雪会往下滑落,因此比平地上要薄一些。小湖已经封冻多日,只有几只耐不住饥寒的小鸟正徒劳地啄着坚硬的冰面。

我处于一种奇怪的心境中。在这世上，我孑然一身，孤独彻骨。不幸的灾厄席卷了我的人生，使我憔悴凋零。我知道自己即将死去，可心中却充满喜悦——是的，我很快乐。我能感觉到自己的心：它跳得飞快；我将纤弱的手贴到自己脸上：它热得滚烫。我体内有个轻快的灵魂，正要迸射出它最后的光热。我明白，我的眼睛再也看不到下一个冬天的雪景，我的肌肤再也感觉不到下一个夏天的骄阳送来温暖生机。正是这种感觉，促使我动笔写下自己悲惨的故事。也许这个故事该随我一同死去，可是一股难以名状的冲动迫使我坚持下去——我身心俱疲，没有法子抗拒它。当我的身体还充盈着生机的时候，有一种庄严的恐惧占据着我的内心，使我认为讲出自己的故事是不妥当的；如今在濒死之际，那份玄奥的惧意已经衰退。这里仿佛是复仇女神的森林，唯有垂死者方可进入。让我如俄狄浦斯一般迎接死亡吧。

这是在写些什么？——我得理清思绪。我的朋友啊，等我死后，这些手稿会寄到你手头，而这世界上除了你，我也不知道还有谁会仔细地读它。既然读者只有你一个，我就不必多此一举，把这个故事题献给你——故事本身就是对我们友谊的纪念。因此我会像面对陌生人一样讲述自己的故事。你过去常常问我，为什么一个人住，为什么流眼泪，为什么那样不合群、寡言少语？活着的时候我不敢回答你，可现在我快死了，那就把谜底揭开吧。旁人才不会在意我的故事，只有你，伍德维尔，我亲切热情的朋友，会把它视为珍宝，当成对那个女孩的可贵纪念——她的心是碎了，可直到生命的尽头，她还在感激着你，从你那里得到温暖呢。我知道，你的眼泪将会落到这些记录了我不幸一生的字句上面，趁着一息尚存，先让我由衷地感谢你对我的同情。

这些话也说得够了，开始讲我的故事吧。我希望有足够的力量，来完成这个最后的任务。我这辈子没有犯过什么大错，虽有过一些小错，想来也容易获得谅解，因为我没有邪恶的动机，只是缺乏判断力而已。我想自己的遭遇若是降临到其他人头上，哪怕他们比我有智慧得多，行为方式全不相同，也未必敢说自己能够避免不幸。一股可怕的力量主宰了我的命运，我无处可逃。一条巨大刚硬的锁链拴住了我，靠凡人的气力是挣脱不了的。我曾呼吸着快乐的空气，心胸充溢着温暖的爱意与良善的喜悦，末了却落得悲哀的下场，如今将以死亡告终。唉，我想起来故事还没有讲呢。容我稍稍停顿一下，擦擦昏花的双眼，尽力甩掉心头黯淡沉重的哀怨，好把往事清楚地回忆起来。

我出生在英格兰，父亲是有身份的人。我父亲幼年丧父，由我祖母带大——她是个意志力薄弱的人，又自觉是颇有家产的贵族，便对我父亲极尽宠溺。父亲打小时候起便可以大手大脚地花钱；他先被送去上伊顿公学，再上大学，作为出身优越的男孩子，在公立院校总是享尽各种自由。

在这样环境的影响下，他的激情如厚厚泥土中的植物一样生长茂盛，要么长成鲜花，要么长成杂草。因为总是获准自主行事，他也早早形成了鲜明强势的性格，明眼人很容易从他身上的各个方面看出美德的迹象以及不幸的前兆。他肆意挥霍掉大笔金钱，只为满足自己一时的兴致，却又假借了热情的名义，表现得极为慷慨大方。不过，当他全力帮助别人排忧解难时，他自己的心愿确也得到了最大的满足。他挥金如土，却不是为了自己的欲望；他不爱惜时间,同时只要自己高兴,便会过分地投入感情。

如果他自己的愿望和别人的愿望发生冲突,他是否会表现得自私自利呢?我不知道。这样的考验并未出现。他生来是天之骄子,人人都爱他,都试图取悦他。他是想让身边的人更加快乐——但别人的快乐与他的快乐并不矛盾;如果说他偶尔会比平时更加重视同学们的感受,那也是因为他天性合群,不愿意看到在无忧无虑的自己身边,居然还有人愁眉不展。

他天资不凡,又肯用功,在中学的同龄人中自然显得出类拔萃。但一进大学,他就扔了书本,想要学一些课堂上学不到的东西。他现在可要好好享受生活了。在年轻气盛的他看来,学习不过是一种枷锁,是用来绑住不听话的小孩子,不让他们过分捣蛋而已;真正的生活与学业全无关系,他深感兴趣的智慧人生在于骑马赌钱,诸如此类。于是他很快参与到大学里的各种荒唐闹剧中,好在他的心灵被培养得足够善良,没有受到污染——就算有点轻浮,也绝不冷酷。作为朋友,他真挚且富有同情心,只可惜没有遇到一个和他同样或者更加优秀的人,来帮他开启心智，革新思想。他觉得自己比周围的人更有判断力，而他的天赋、地位和财富也使他成为自己圈子的首领。他满足于现状，心中骄傲，以为自己在这世上所值得追求的也便不过如此了。

有些古怪的是，他目光短浅，眼中只有与自己那个小圈子相关的事物，看不到其余的广阔世界。凡是他的好友们所否定的观点，他也一概斥之为莫名其妙或不合时宜；同时他变得越来越古板，生怕自己偏离了正统。在大多数人眼中，他不顾旁人非难，对公众惯有的偏见鄙夷至极；但事实上，他一面将全世界的异议抛在脑后，一面却卑躬屈膝，刻意逢迎自己的小圈子。他虽说身为圈子首领，但要预先确定圈子成员们都一致认同，才敢表达出自己的意见与情感。

尽管如此，他却刻意对好友们隐瞒了一个秘密，一个从孩提时代便保留下来的秘密。他很喜欢各位同学好友，却认为没有人在了解这个秘密之后，会给予体谅和同情：他正在恋爱。他害怕自己激烈的爱情会沦为他们的笑柄。一想到被自己视为生命全部意义的爱情，也许在旁人眼中显得微不足道、动摇善变，他便感到无法忍受这种亵渎。

在他家的庄园附近，住着一位小有家产的绅士，绅士膝下有三个可爱的女儿。大女儿的美貌远胜两个妹妹，又有远比美貌更为耀眼的品质——善解人意，她的性情如天使一般温柔。这女孩子叫黛安娜，与我父亲青梅竹马。她自幼便颇得我祖母的欢心，随着芳龄渐长，更是出落得活泼美丽，令我祖母多加偏爱。于是，在我父亲中学和大学的各个假期内，二人交往渐密，终于走到了一起。对于上等人家的少年少女来说，在情窦初生之前便有一些途径，比如读小说之类，来了解所谓爱情。这对我父亲产生了强烈的影响，使他变得极为多愁善感。在十一岁时，黛安娜还把他当成最要好的玩伴，可他已经对黛安娜说起情话来了。她虽比他大了将近两岁，但所受的教育使她更加幼稚一些，至少在感情方面是如此。她天真地接受了他温暖的宣言，虽然不明白这些话是什么意思，却照样也对他说了一遍。她没读过什么小说，平时接触的人也只有自家妹妹，又怎能弄清楚爱情与友情的区别呢？到她渐渐懂事，终于明白了我父亲的弦外之意时，她的感情也早就紧紧系在他身上，拆解不开了。她如今只害怕他少年花心，受到别的诱惑，便背弃儿时的誓言。

但日子一天天过去，他们的感情只是越发热烈和温存。爱情与他们一同成长，与他们的身心交织共生，直到生命的终点才会消逝。除了他们自己，没有旁人知道他们相爱，因为他一如既往地害怕朋友们非议，说他不可能真心爱上家产比自己颇有不如的女子。尽管如此，他的决心从不曾动摇片刻，只待自己积攒起足够的勇气来面对和克服各种困难，便要与她结合在一起。

黛安娜也完全配得上他的深情厚意。没有人敢说自己的心灵像她一样纯洁，像她一样坚守贞德，又怀有真正的谦逊，对他人的品性报以期许。她从出生开始，就过着幽然脱俗的生活。她幼年丧母，不过她父亲采用了一种别出心裁的教育体系，竭尽全力来教导她。她非常熟悉古希腊和古罗马的英雄人物，以及数百年前英格兰本土的豪杰，却对当代的事情一无所知；她博览群书，却几乎没有读过近五十年内的作品。对于社会人生的奥秘，她的了解似乎比不上他；但她的学识却更有深度，基础也更加扎实。就算她没有美丽可爱的外表，光靠她的冰雪聪明，就足够俘虏他的心了。他把她尊为自己的引导者，偶尔在她面前自惭形秽；而且无论是对她的崇敬，抑或对自己的贬低，他都喜欢加以夸大。

他十九岁时，母亲去世了。他休学回家去奔丧，摆脱了那些狐朋狗友，独自与他的黛安娜待在一起，由她甜美的声音和亲切的拥抱来抚慰自己。这次暂别同学友伴，使他终于有勇气来宣告自己的独立。他认为，就算那些人想要嘲笑他与黛安娜结婚的打算，一旦木已成舟，他们也就不敢表现得太过明显。因此，他先花了点工夫获得自己监护人的同意，然后不费什么力气就让黛安娜的父亲点了头，此外没有征求任何人的意见。到他度过二十岁生日的时候，他终于成了黛安娜的丈夫。

他热烈地爱恋着她，温婉的她自有一种魔力，占据了他的整个心胸。他曾邀请几个大学同学来家里做客，但那些人表现得很轻佻，令他憎恶。黛安娜替他撕掉了孩子气的遮羞布，帮他成长为一个男子汉。他惊讶于自己先前竟会附和那些同学装模作样的观点和话语，而且竟然曾经害怕这号人的指指点点。他于是与老朋友们断了交，不是因为轻浮善变，而是因为他们的友谊实在毫无价值。他的心中如今只有黛安娜，他感到在与她结合之后，自己的灵魂也得到了完善与新生。她就是他的引路人，带他找到生活的真正目标。通过她充满爱意的教导，他抛弃了旧有的追求，锤炼自我，逐渐跻身于社会精英之列，成长为一名爱国者，一位开启了灵智、热爱真理与美德的人。他爱她的美丽，爱她和蔼的性情，但他更爱她那卓越的智慧。他们一起学习，一起骑马；他们从不分开，身边也几乎容不下第三个人。

就这样，我那出身富贵的父亲，没有经历过似乎人人都要经历的困难挫折，便一帆风顺地登上了幸福的顶峰。阳光将他拥入怀中，云霞遮蔽了山脚苦闷的现实，许给他一个金光灿烂的未来。这幸福令他目眩神迷，直到幻灭蓦然降临。他们结婚十五个月后，我出生了。我出生几天之后，我母亲死了。

这段时间里，我父亲的一个姐姐陪在他身边。她是我祖父与前一任妻子生的女儿，比我父亲大了将近十五岁；我祖父去世时，祖父前妻的家人将她带走了。因此，我父亲与他这位姐姐很少见面，个性也大不相同。我后来被交给这位姑母来照顾，她常说是我造成了父亲那既强硬又善感的性格，而那原是母亲去世的影响所导致的。从我母亲去世，到我父亲离开，姑母从未听他开口说过半个字，只见他将自己埋在最深沉的哀思里，对身边任何人都浑不在意。父亲要么一连几个钟头泪流成河，要么笼罩在更加可怕的阴郁之中。他仿佛斩断了与一切外物的联系，只有一件事能够将他从沉默不动的绝望中唤醒：他不愿看到我。其他任何人的存在与他都不相干，但只要我姑母为了尝试恢复他的感知，把我抱进他的房间里，他就马上冲出门去，满脸的愤怒和狂躁。一个月后，他突然离家远去，不带一个仆人，也没有只言片语向任何人透露他的行踪。姑母非常担心他的安危，后来接到一封他从德国汉堡寄来的信，才算放下了心。

直到我十六岁，这封信就是父母留给我的唯一纪念品，我曾多少次捧着它痛哭流涕！信上说："原谅我不得不给你造成的不便。在那片不幸的故土上，我所失去的她，还在万物之间留存芬芳的吐息，那仿佛一个魔咒锁住了我。如今魔咒已打破，我离开英格兰许多年了，也许永远不会回来。不过我想向你证明，我并非全然沉湎在这自私的哀怨里。我会留在汉堡，等待你写信告诉我，你已根据自己的判断安排好必需的事务。那时我就离开这里，你再也不必期待我的音信：我会斩断一切与过去的联系，把可悲的自己放逐到天涯尽头，唯有孤独如影随形！”他在信里也提到了我：“至于那个不幸的小生命，我不能够看她，也不忍心说起，只请你做她的监护人。照顾她，珍惜她吧。将来有一天，我或许会从你手里把她认领回来；可未来一片黑暗，只愿你今日给予她快乐。”

我父亲在汉堡停留三个月后离开，并且更改了名姓。姑母没能查到他的化名，只通过一些蛛丝马迹，推断他是取道德国和匈牙利，去了土耳其。

就这样，那位在所有人眼中意气风发、志趣非凡、前途无量的青年，仿佛突然销声匿迹。然而恰恰从那一刻起，他才开始为了自己而活着。朋友们记忆中那个光芒四射的虚像一去不返，又随着年华流逝，逐渐黯淡了色彩。在他们心中，曾经交游甚欢、寄托了希望的那个人，久已不在人间。

第二章

现在让我讲讲自己的故事。我小时候没有值得一提的经历，三言两语带过就好。但是，说到童年的遭际，我必须稍作停留——人的希望若是幻灭，他的一生便注定了空无；当我唯一珍视的真情在童年毁于一旦，我的灵魂便从此失却了生气。

前面说过，我姑母和我父亲个性迥异。可以毫不违背良心地说，我姑母就是这世上心肝最冷酷的人，全无半点人间温情。她五年来独自住在苏格兰罗蒙湖畔，在她母亲留下的祖屋里，终身未婚。姑母一个人待得太久了，向来不曾被小孩所烦扰，本也不愿让我扰乱她的安宁，肯照顾我不过出于责任而已。我父亲写信说他希望姑母带着我一起，在他的庄园里居住——那庄园坐落在约克郡一个美丽的村落，近旁就是里士满。姑母不肯接受这提议，但因为我父亲先行离去，留下一摊子她应付不来的事务，便也只好离开英格兰，带我去了她在苏格兰的居所。

我从婴儿时候起，直到满了八岁，都是交给我母亲的一位仆人照看着。她为了照料我，一直陪我幽居一隅。我住在房子偏僻的角落里，只能在规定的时间和姑母见见面，每天两次：中午时分她会来我房间看看，晚饭后我会被带去见她。姑母从不亲近我，我依稀记得自己一直待在房间里，生怕自己孩子气的胡闹会惹恼了她。我那亲爱的保姆每次鼓起勇气带我跨进会客室之前，总会对我千叮咛万嘱咐——而我也没有辱没她的苦心，在每次短暂的会见里，我见到姑母那冰冷的面目，寡言少语的样子，总觉得她威严无比，在令人战栗的死寂中表现得规规矩矩。

有我亲爱的保姆看护着，我可以在自家花园里撒欢儿，还能去附近的田野里玩儿。我在幼年时所展示出的深沉热爱，后来发展成为极度敏感的性情——说不清是带着怎样的热情，我爱身边的一切，哪怕是没有生命的物件。对院子里的每一棵树，我都怀有深深的依恋。院子里的每个小生灵都认得我，我也爱它们。偶尔有小动物死去，我幼小的心灵中便注满了悲痛。记不清漫长的凛冬里我救活过多少只小鸟，我家的狗儿捕猎兔子时我挡住过多少回——便是有时没能挡住，我也把受伤的兔子救下来，护理它的伤口。

保姆是在我七岁那年离开的。当初她为什么要走，即使知道原因，后来也忘了。她回英格兰去了，临别洒下的泪水是这漫长的年月里，我唯一看到的真情流露。她的离开给我带来了巨大的痛苦，在这人世间，她是我唯一的朋友。后来，我渐渐适应了孤零零的生活，但在心里给她留着的位置，却从来都无人能够替代。我身处荒芜的国度，就像华兹华斯的诗里所写——“无人赞赏，无人疼爱。”

在那以后，我见到姑母的时候倒是多了，可她那样抗拒与人交往，在一个怯生生的孩子眼中，好似封冻在坚冰中的植物，若是胆敢去触碰，一定会划伤自己的手。于是我被抛到完全无依无靠的境地。邻居家的牧师教我读书、写字和法语，可他也没有成家，即使和我相处的时候，做派也是他那个职业惯有的一板一眼。有好几次，我徒劳地尝试跟村庄里最有魅力的那个女孩子交朋友。我姑母强势介入，不准我跟农民阶层往来，因为害怕我学得一口苏格兰腔。我也十分小心不让自己的英格兰血统蒙羞，不过仍带上了一点儿苏格兰口音。但说到底，就算姑母没有横插一脚，我也不认为自己能够交到朋友。

随着我慢慢长大，我的自主权和欲望都与日俱增，活动的范围也从自家花园扩展到了临近的村庄。我们住的房子位于湖畔，房前的草坪一直延伸到水边。在这景物充满野趣的可爱乡村，我四处游荡，活脱脱变成了个山民。我在瀑布垂悬的山谷里待上大半天，有时划上一只小船到湖中的小岛，在这寂静无人的好地方徜徉着。我摘下一朵又一朵的花儿，哼唱山野的歌谣："野花点染满我路"[①]，或者沉醉在快乐的美梦中。我最爱葱茏树林中那一抹静谧的天空，还有大自然的变化万千。我喜欢细雨、风暴，也爱极了苍穹中美丽的云朵。湖波荡漾着我的心绪，强烈的欢

---

① 原文为中古意大利语："Ond' era pinta tutta la mia via"，引自但丁之诗。

欣升涌而起。我好似一个骑手，因他精心饲养的良驹阔步腾跃而感到无比骄傲。

静观于山水之间时，我是快乐的；但我的快乐也仅限于此了。孤寂的我得不到人间的温情回应，只徒然将胸怀间的热爱倾注到不言不动的死物上去。我茫然四顾，竟找不到一个可以去爱的人；有时想要亲近姑母，她却报以冷淡和厌恶，不禁令我流下泪来。但这泪水很快便流干了，因为到我长大些时，书籍多少填补了人际交往的空白。姑母家的图书室很小，诗歌只收藏了莎士比亚、弥尔顿、蒲柏和库柏这几家，散文则包括李维和罗林[①]的古代史英译本——我小时候觉得它乏味至极，只爱别的有趣故事，如今它倒成了我的心头挚爱。

待我满十二岁时，姑母认为我该学点音乐了。姑母自己会弹竖琴，在她看来，音乐是淑女教育中必不可少的一环。她既不情愿亲自教我，却又觉得让仆人来教我危害更大，纠结了好一阵子，总算说服自己挑

① 李维（Livy）全名为 Titus Livius Patavinus，古罗马历史学家；罗林（Rollin）或指 Charles Rollin，18 世纪法国历史学家、教育家。——译者注

起了这个担子。于是她让人把一把竖琴送到我的房间里，以免我的琴声扰乱她的弹奏。我开始练习，她很快发现我是个听话的好学生。等到掌握了基本乐理后，我已经能弹得像模像样了。在无法外出的雨天，竖琴成了我最好的伙伴；当我遭受挫折、心情低落时，它会给我亲切的抚慰。我常常视它为自己唯一的朋友，对它寄予希望与感情，并恍惚觉得那柔美的琴声就是它对我的回答。——以上就是姑母给我的全部教育。

大约因为长年的孤独，自从亲爱的保姆离开我的那年起，我就开始生活在幻想中。我幻想罗瑟琳、米兰达、与科摩斯辩论的女士[1]都是我身边活生生的

① 罗瑟琳（Rosalind）应指莎士比亚喜剧《皆大欢喜》（*As You Like It*）中的女主人公，被放逐后女扮男装逃亡，经历曲折后终与父亲重聚，亦与心上人奥兰多终成眷属。米兰达（Miranda）应指莎士比亚传奇剧《暴风雨》（*the Tempest*）中的女主人公，爵位被篡夺的公爵之女，和父亲普洛斯彼洛一起漂流到岛上。后来父亲用魔法降服了篡夺爵位之人，恢复公爵之位，同时也和敌人和解，最终大家一起回到意大利。“与科摩斯辩论的女士”原文为 the lady of Comus，应指弥尔顿的剧本《酒神之假面舞会》（*the masque Comus*）中的人物。该女士（“the Lady”）在剧中与两个兄弟走散，被古希腊酒宴与狂欢之神科摩斯（Comus）掳到欢乐宫，却不肯沉溺肉体快乐，坚持理性与节制，与科摩斯展开辩论，最终为两个兄弟所救。

此处提到的前两个人物，背景作品都与父女关系相关；第三个人物，背景作品则以理性与情欲的斗争为主题。综合来看，作者于此颇有伏笔点睛之用意。——译者注

朋友，或者幻想与她们互换位置：她们来到我的小岛上生活，我去到她们的故事里精彩。后来我不满足于已有的素材，开始在脑海里创造我自己的虚拟人物，和它们建立起感情连接——不过我并没有完全脱离现实，而是给这些人物和故事赋予现实中的名称，希望它们有一天能来到现实世界。我未曾抛弃关于父母的记忆，虽然没有亲眼见过死去的母亲，但我父亲那忧郁的漫游者形象，却成了我想象世界里的神祇。我有父亲的一张小肖像画，时时拿出来凝视许久；我把全部感情都给了他，更一遍遍抄写、一遍遍阅读他最后寄来的那封信。我有时边读边哭，有时则反复读着他的这句话傻笑："将来有一天，我或许会从你手里把她认领回来。"多年以后，我终会成为他的伴侣，成为安慰他的人！我最喜欢幻想的场景是长大之后离开姑母——她既那么冷淡，便也怪不得我狠心——然后女扮男装，走遍天涯海角去找我父亲。最常萦绕脑海的一个画面，是父女重逢相认——我一直把他的肖像戴在胸前，这会成为我们相认的契机。我把这一幕幻想了千遍万遍，每次都把重逢的地点和环境做些改动：有时在沙漠里，有时在喧嚣的都市街头，有时在一场舞会中，有时在一艘船上。无论在哪里，他的第一句话总是："女儿啊，我爱你！"做这些梦的日子多么荒唐！我流了那么些泪，大笑了那么多次！

这就是我前十六年的人生。十四五岁时，我常常想着时机已至，我会马上开始神圣的寻父之旅——我早叫自己的整个身心相信，这是超越一切之上的使命。但是就此离去可能对姑母造成伤害：这个我无法回避的念头拖住了我的脚步。有几次都计划好了次日一早就离开，但只要姑母说出一点点平日不曾听闻的温情话语，我就又犹豫着把计划推后了。我狠狠责怪自己可鄙的软弱，但这软弱却反复在关键时刻出现，消弭了我的勇气，将我的离家大计破坏殆尽。

第三章

我十六岁生日当天，姑母收到我父亲寄来的一封信。看到信的时候，我简直无法形容自己的心情，只知胸中癫狂升腾而起。信上打着伦敦的邮戳——他回国了！此时的狂喜，我只好用眼泪来冲淡一些：那也是至纯的幸福之泪。他真的回来了，还在信里面同姑母商量会面的地点，看是姑母去伦敦，还是他来苏格兰。更令我高兴的，是他在信里提到我的话："我无法告诉你，我是多么急着要看到我的玛希尔达。在我眼中，她就是我未来生活的幸福之源，是这个世界上我所在乎的唯一。我恨不能即刻飞到你们身边，可惜有事必须耽搁一个礼拜。不过如果你们来伦敦的话,咱们就可以早些见面了。”

我凝望着这些文字，几乎要把它们刻进眼眸里去;我亲吻着这些文字,把眼泪来浇灌它们,又大声叫道:“他会好好爱我！”——但是姑母不肯跑这么远的路去伦敦。直到两周之后,我们又收到父亲的另一封信,是从爱丁堡寄过来的。信里面说他三天之内应该能赶到我们身边。他还说,与我重逢的心愿愈是接近实现,愈是热切难耐;他觉得,将我拥入怀中的那个瞬间,将是他一生中最幸福的时刻。

这三天时间多么令我心烦意乱！我不眠不食,只是一遍遍读着他的信，在无人的树林里预想着重逢的瞬间。到第三天的前夜,我早早回到自己房里,却仍是睡不着,整夜徘徊于斗室之内。我像苏格兰人常在仲夏时节所做的那样，看着太阳将它绯红色的尾焰染上北方天际。天已破晓,我快步走进树林:我习惯在那里放纵想象,好为怠惰迁延的时间插上翅膀,也好抚平我那躁动的热望。

父亲预计中午抵达。然而当我准备回去见他时,却发现自己迷路了。我努力寻找回家的路,可树木遮掩了一切可以指明方向的踪迹，令我迷失在杂乱的林间。我越发焦躁起来，流着泪，拧着手指，却无计可施。

直到下午两点多，我转过一道弯，突然发现自己竟已到了湖边。面前是一个小湾，一只小船泊在那里——这儿离我的家并不远，我望见父亲和姑母正在草地上散步。我马上跳进船里，施展熟练的手段，把它从岸边撑开，用尽全身力气将它划得飞快。父亲后来常常回忆这一幕，说我当时那个样子——一袭白裙，披着花格子呢绒，长发散落肩头，拼命加速划船过来——压根不像人间的女孩子，倒像个白衣女鬼。船到岸边，父亲扶住船舷，我轻快地一跃而下，落进他的怀里。

从此刻起，我的生活才真正开始。身边呆板乏味的一切，都改换了明快喜悦的样貌。有父亲陪在身边，心中的幸福比我憧憬得还要多。我们整天待在一起，有说不完的话。在出走的十六年间，他踏遍了欧洲人闻所未闻的国度，游遍波斯、阿拉伯，直至印度北部。他深入土著居民中间，其畅通无碍的程度没有几个欧洲人可以比得上。每当我们谈厌了未来的人生计划,他便会聊起异邦的风土人情、奇闻逸事、如画风景,时间也就在愉快的氛围中飞驰而过。

父亲充满感情的声音对我来说如此新鲜，以至于让我忘却了他多年来将我弃而不顾的事实。我听他说这些年一直挂念着我，心里乐开了花。“刚开始,”他说,“悲痛压倒了我,让我没有余力为可怜的小女儿着想;但后来悲伤渐渐退去,希望重燃,她又成了我唯一的寄托。我把她想成小仙子的形象,无论身处城市或是沙漠,这形象总会在我眼前飞舞。北方冷冽的风对我来说芬芳温暖，因为它仿佛是你心灵的吐息,能将我洗濯一新。我时常想要马上回去,带你一同去到某个富饶的小岛,二人安然共度余生。可我刚要转身回国，炽烈的希望便被铺天盖地的恐惧浇灭，渴求也化作浓烈的痛苦——或许日光月华不再辉映你的容颜,而是照射你的坟墓?我不敢去想象那样的场面！天幸噩梦并未成真，我的玛希尔达还在,你是我的慰藉,我的希望……”

据我父亲描述,经历那场不幸之后,他本人的变化并不大——唯有内心悄然改变，青春活力削减不再。造成这种改变的，是文明社会的交际，是珍贵希望的破灭，是朋友的虚伪谎言，抑或低俗情欲的经年激荡。他孤身一人漫步在野蛮的国度，未开化的人们态度粗鄙，或许会伤害他的身体，但却无法驯服他的心灵，更无法磨灭他新鲜的感觉和少年般的热情。当他抛开一切羁绊，来到烈日炎炎的印度时，他的人格力量反而越发坚强：过去他曾屈服于世俗眼光，如今他已见识过千奇百怪、各不相同的道德信条，最终形成了自己独特的道德观，不受身外一国一地的约束。当然，在他形成新的道德观的过程中，已有的偏见也不可避免地影响了他的判断；更奇怪的是，一些大学时代的不成熟观点，与敏锐的思路、深刻的洞见混杂在一起。

在远离祖国的漫长旅途中，他曾经倍感空虚、了无生趣，这也对他思想产生了明显的影响。与青少年时期相比较，漂流异乡的生活有着一种奇异的不真实感。他一直想要忘却英格兰的一切，但终究无能为力。在他灵魂深处，一切兴趣和深情都只属于十六年前，属于曾经发生在那里的一幕幕过往和曾经生活在那里的人们。时光流逝，恍如一夜幻梦；奇妙的是，当你听他讲述过去的事情，你会发现他青年时代的记忆仍然留存了全部活力，与他之后的人生泾渭分明。他谈到我母亲时的样子，就好像她才离开了几个星期一样。他向我描述母亲的形象，讲起他们之间的所有趣事时，没有流露出强烈的悲伤，而是怀着生动的爱恋。

在听他讲述这一切时，有种奇怪的感觉吸引着我，让我着迷。如今，他从漫长的睡梦中醒来，觉得自己就像以弗所的七位长眠者，或是东方传说里沉睡于美梦中的诺尔亚德：戴安娜走了；朋友们或者友情不再，或者人鬼殊途。梦醒时分，他在这世上所能够爱的人只剩下了我。

如今在我眼中，罗蒙湖的一山一水、一草一木都变得那么可爱，因为有深爱的人陪着我漫步其间。我和父亲同去了每个赏心悦目的所在：星罗棋布的小岛，绿树成荫的瀑布，花木掩蔽的幽径，蕨类蔓生的深谷。自从父亲到来之后，通过和他的交谈，我开阔了眼界，对所有事物都觉得新鲜，仿佛离开了狭隘的乡土，来到充满想象与新知的浩瀚宇宙中。我感到自己获得了新生。我过去的人生犹如快乐的乡间溪流，注定在自己的家乡完成使命，静静地干涸无痕；现在的我却像一条变化万千的河流，流淌过富饶可爱的山川，永远拥有新的美丽。唉！可是我并不知道，这条河流会遭遇怎样的荒漠，是否会被岩石撞得粉身碎骨，她的波涛是否会倒映着扭曲可怖的景象？生命变得如此灿烂，我开始学会希望，然而有什么事物，比破碎的希望更能让心苦涩绝望呢？

如此神圣的幸福，却有悲哀紧随其后，这难道不奇怪吗？我喝下一杯被施过魔法的美酒，余味绵长，苦涩却潜伏在甘甜的深处。我的心里满是深沉的爱，但任这爱如何深沉，如何完满，它却又如此无动于衷。我从前不知道，爱里面竟会滋生出痛苦；这是人人都必须要学习的一课，无论如何，我也要学会接受。那短短的几个月就像伊甸乐园一般，可我没有违背神的旨意，不曾偷吃苹果，却还是被无情地驱赶出来，如今只留下无尽的悲叹。唉！是我的同伴做了堕落的事，我因为他的过失受到了牵连。然而我仍流连不知悔改——哀愁将在注定的时刻降临，但在故事的这一页，且任我欢言笑语！

三个月在愉快的交流中悄然流逝，然后我姑母病倒了。整整一个月，我都在她的病房里照顾她，但她终于病重不治，让我伤心欲绝了一阵子。死亡对于活着的人如此可怖，即使与死者的感情并不深挚，当习惯的锁链倏然断裂，你的内心仍会苦涩不堪。幸好有父亲在身边安慰我，用光明的希望驱走痛苦的记忆。有他为我擦干眼泪，哀伤也会变成幸福。

然后父亲告诉我，他母亲去世时他曾多么绝望，用这种比较转移了我的注意力，使我忘却了悲伤。他用激情绘出的画面，早在那时便让我不寒而栗：他拥有诗人的想象力，用如此生动的语言描述，当时突如其来的打击是如何撕碎了他的感情。我颤抖着相信他的每一句话。我不禁猜想，当他那狂野的思绪带他脱离尘世之后，是什么让他能够重返现实生活。因为他所讲述的思想如此惊世骇俗，几乎脱离了人类心灵的极限。他的悲情简直与凡人的躯体格格不入，更像是来自安居在地动山摇、熔岩喷涌之所的一个精怪。不过还好，这不过是早年的回忆罢了，从那以后他已经改变。现在的他温和而富有爱心，每当我惊讶于他的话语、抬眼看他时，他嘴角总带着一抹微笑，教我得知流淌在他内心的至柔深情。

姑母去世两个月之后，我们迁到伦敦居住。在父亲的引导下，我开始学习比从前更深的知识。父亲一直陪伴着我，辅导我，或与我一起学习，我学业上的进步令他十分高兴。我们与许多社会名流往来，父亲总能设法找到新的乐趣，让我们的每一天都过得非常精彩。他以温柔和眷恋待我，我则报之以爱与尊敬，每一刻都充满了温馨。时间过得很慢，因为分分秒秒都如此充实，我们相处一周胜过其他人相处几个月；总有新奇而多样的乐趣，使我们兴味不减。

我们常常一起旅行。无论是观赏美丽的景色，还是欣赏精美的画作，或者哪怕是随意漫游，寻找可能出现的乐趣——只要和父亲在一起，我就感到幸福。无论何时，若有第三个人加入我们中间，我便心生不快；但当我把烦扰的目光投向父亲时，他会温柔地注视我，我的心就马上又快活起来了。尽情欢乐的时光哟！之后乍然降临的悲愁，将关于你的记忆笼罩在一片迷雾之中。当我竭力回想起来，觉得你是那么的短暂，却又那么的漫长，长得像是我的一生。唉！因为那短短的几周便是我人生中最后的快乐了，之后一切都已毁灭。我像普赛克[1]一样，在施了魔法的宫殿里住了一阵子，尽享芳香、音乐和各种奢华极乐，然后突然被遗弃在一块荒凉的岩石上，绝望如巨浪淹没了我；闭上眼睛，只有死寂的世界和无边的黑暗。

我不想急着讲述后来的事情，宁愿永远停在那几周的幸福回忆中；我要重温往昔点滴，复述说过的每一个字，追忆那仙境之中的魔力。但是，我的讲述不应该停顿，它必须伴着我的命运之轮急速旋转。我只能用简短有力的词句来描述那不可逆转的，从幸福到绝望的倏然跌落。

---

① 希腊神话中极其美貌的少女，小爱神丘比特爱上了她，将她带到山中的魔宫，每夜幽会，却不让她看到自己的样子。普赛克听信两个姐姐谗言，用灯照亮看清丈夫是丘比特，却触犯了忌讳。丘比特和魔宫突然消失，普赛克独自一人留在荒山之中。后来普赛克经过重重历险和考验，终于在天上和丘比特重聚。——译者注

第四章

我们搬到伦敦后，来访者众多，其中最殷勤的是一个有身份的年轻人，他博学多识，彬彬有礼。几周之后，他对我越发关注，登门也更加频繁。那时我只关注自家私事和自己的心情，对周围的事情无暇深究；但现在回想起来，每当这个年轻男人来拜访我，同我交谈时，父亲总是心神不宁。他虽一直保持沉默，望向我们的眼神显然却充满了焦虑。后来这类令人不安的访问突然终止，但从那一刻起，父亲却变了。每当我回想起他的改变，便感到不寒而栗，满心悲痛。没有任何方法能阻止我从快乐跌入痛苦的深渊，它就像席卷天地的狂雷，令人措手不及。唉！曾经总是满面笑容的父亲，如今却只是眉头紧锁。我挚爱的父亲，他躲着我，要么对我很严厉，要么是更加让人心碎的冷漠。我们不再一起畅所欲言，每当我设法和他恢复亲密的关系，他却表现出糟糕的情绪，甚至对我发火。我只好离开他，自个儿沉默落泪。

这一切都太突然了。就在前些日子，我们两人还一起待在乡下，讨论将来要同去哪里旅行。我们的言谈举止洋溢着喜悦之情，而这只可能源自对彼此的爱和全无保留的信任。但此时此刻，我见他眉头紧锁，阴沉的双眼凶狠地盯着地面；当他和我说话时，声音却亲切温和，我不禁打了个寒战。我常常不着边际地胡思乱想，幻想出的形象时而给我安慰，时而却加剧我的痛苦——我将自己比作普洛塞尔皮娜[①]，她正在美丽的恩纳平原上快乐地采花，毫无防备，却突然被冥王强掳到死亡和痛苦之地。唉！我最近才懂得生活的乐趣，只为着甜美的梦境入眠，为着无与伦比的幸福苏醒，突然却又日夜以泪洗面。父亲的面容本

① 希腊神话中的冥后，被冥王哈迪斯强掳为妻。——译者注

The Tall Oak at Fredville

Jacob George Strutt (1784–1867)

Beech Trees

James Duffield Harding (1797–1863)

The Wilderness

George Wallis (1811–1891)

A Herbaceous Border

Helen Allingham (1848–1926)

The Gentle Streamlet, Willow Wood

David Murray (1849–1933)

The Lily Garden

James Valentine Jelley (1856–1950)

Lilies and lavender in a herbaceous border

James Valentine Jelley (1856–1950)

The Thames at Donnington

Alfred Augustus Glendening Jr.(1861–1907)

来流露着令我快乐的慈爱，如今当我鼓足勇气，以祈求的眼神注视他时，却只看见他皱眉的怒容。我不敢和他讲话，有时鼓起勇气想要一个解释，但不经意间瞄到他脸上极度挣扎的强烈感情，就又望而却步了。我从天上坠向地面，就像遭遇了鹰隼的愚蠢麻雀；我眼里含着热泪，被突然涌上心头的悲痛弄得不知所措。日子在哀怨和泪水中流逝，我徒劳地诚心祈祷，这由喜到悲的转变过程能温和些；再不然就请允准我死去，在残酷的打击中香消玉殒。

他本应用温情，点燃我贫瘠
心灵的生机，却对我恶言相向。
如今的我该如何自处？
像一朵残花，静静凋零？①

有时候我对自己说：这是一个魔咒，我必须要打

① 此处引自英国文艺复兴时期，两位剧作家弗朗西斯·博蒙特（Francis Beaumont，1584—1616）和约翰·弗莱彻（John Fletcher，1579-1625）合写剧作《长官》（*The Captain*）中，女主人公莱莉雅（Lelia）的台词。——译者注

破它；父亲被一些恶意的幻象蒙蔽，我必须为他驱散；然后我会像大卫一样，尝试用音乐战胜控制着他的恶魔。有一次在唱歌的时候，我抬眼看他，只见他正含着泪注视我；他全身的肌肉似乎都放松下来。我发出惊喜的叫声，想要扑进他怀里，他却粗鲁地推开我，转身离开。这个小插曲之后，他变得更加忧郁和严厉。

还有其他很多事，我都可以归因于他那病态、不可理喻的精神状态；唯独其中一件事不得不提——当时还有其他几个人在场。那次我无意中说道，我认为米拉是阿尔菲耶里悲剧中写得最好的人物[①]。话语之间，我不经意地看向父亲，那是我第一次因为与他之间的眼神交流而感到害怕。我惊恐地看到，尽管父亲相当努力地控制自己的某些情绪，他的身体仍然激动得发抖。随着这次风暴从他的心里退去，他日益变得忧郁寡言。每一天都会有新的事情发生，似乎显

---

① 此处应指维托里奥·阿尔菲耶里（Vittorio Alfieri，1749–1803），意大利18世纪剧作家、诗人，被奉为“意大利悲剧之祖”。米拉（Myrrha）是希腊神话中的人物，她与自己的父亲性交后变成一棵树，并生下美少年阿多尼斯（Adonis）。——译者注

示他的心灵正在与某种未知的恐惧搏斗——他尽管一时可以压制它，却受到它的威胁，随时有理性崩溃、神智昏乱的危险。

若非身不由己，我一定会逃离这痛苦的生活。我可以浪费几天的时间，来描述自己当时是如何焦虑，眼睁睁看着应许的美好生活一步步走向毁灭。更令人绝望的是，我发现自己的任何努力都反而加剧了他的疯狂。若要我的百结愁肠尽都倾吐，除非数得清楚我流下过多少滴泪珠，发出过多少撕心裂肺的叹息。但因为这种恐惧无法承载太多的辞藻，我将长话短说。回想起这些悲伤的画面时，我几乎再次陷入了死亡之中。我挚爱的父亲啊！你确实给了我言语所不能形容的痛苦，但我依然从心底原谅你，尽管我的努力就像暴风雨中倏然而逝的彩虹，我仍旧努力想要减轻你承受的巨大痛楚。你是怎样主宰着我的整个心灵啊！

但是变故还是来了。我的叙述可能看起来太过于跳跃，但事实却真是如此发生的。就那么一句话之后，我便从不可言喻的喜悦，陷入了无法言说的悲伤，悲喜两者却又紧紧纠缠在一起。当时我们已在伦敦度过了五个月,头三个月快乐,后两个月悲伤。父亲和我后来几乎不再单独相处,即便独处,他通常也保持沉默,眼睛紧盯着地面——他那双大大的黑眼珠,过去欣喜的我曾在其中读到所有的温柔慈爱,如今却被低垂的眼睑和长睫毛投下的阴影遮盖了。至于有旁人在场的时候,他假装出兴高采烈的样子,但我听到他虚伪的干笑,却忍不住暗自垂泪——他先是露出空洞的微笑,然后常常以苦涩的冷笑收场。在这段煎熬的日子之前,那样的冷笑应该从未爬上过他的嘴角吧。当着别人的面,他时常跟我搭话,但他的眼神随时关注我的一举一动,他称呼我的腔调冷漠而压抑。不过当他察觉到我与以往不同,言语哽咽在心里无法作答时,他的声音也会微微颤抖。

但就连平静而忧郁的日子,也仍然是少有的。常有激情的风暴朝我袭来,使我化为惊涛骇浪中的一叶扁舟:它想要躲进避风港,但从母港之内又刮起一阵风,把它远远地吹开……暴风雨过去后,海面上风平浪静,小舟却早已粉身碎骨,消失无痕。我不知道该如何描述父亲的情绪:有时候他只是违心地说一个字眼,做一个动作,然后就退回他的卧室。我壮着胆子靠近他的房间，偷听里面的动静。房里传来的任何声音都让我害怕，更害怕的是里面突然悄无声息——我不知道自己害怕的是什么，只是心里充满了恐惧感。

在某一个重大的日子之后，他的眼光就像闪电一样照射着我——还有他尖厉、断断续续的声音，似乎不足以表达他强烈的情绪。那天晚上我独自一人，发现他来了，赶紧将眼泪擦干。他面色平静地来到我身边，没有注意到我眼角的泪痕。他告诉我，他决定和我一起搬去他在约克郡的庄园，三天后就动身。他只让我准备行装，便匆匆离去，似乎害怕我会发出疑问。

他的决定令我十分震惊。那座庄园是他幼年的居所，我母亲幼时也住在附近；他们朝气蓬勃的爱情和婚后的生活都发生在那里。当我和父亲关系尚佳时，父亲常告诉我，虽然丧妻之痛似已有所减轻，别的地方也不再能唤起他苦涩的回忆，但他从不敢回归故里——面对妻子曾焕发光彩的社交场所，面对他们曾共居多年的房屋，她最喜爱的小径，她亲手栽培的花儿，他怎可能毫不动容？唯有现在，强烈的痛苦撕裂了他的脏腑,反倒使他下定决心,要投入比痛苦更为强烈的情感。我不明所以,很想知道这究竟预示着什么。啊,但愿这不会预示着毁灭!

出发前这几天我很少见到父亲,偶尔见到时,他还是一如既往地忧郁,不过看起来平静了许多。第三天早上他告诉我,他决定自己先去约克郡,此后如果没有接到他的另行通知,我就要在两周之后前去与他会合。他说完便离开了,四天之后,我收到他管家的来信,以他的名义命令我尽快前往,不得延误。我日夜兼程赶了过去,心中带着焦虑,却又满怀希望:如果他去约克郡只是为了避开我,就像在伦敦时对我表现出的那种厌恶,那他为何又要唤我同去呢?在离他庄园三十英里开外的地方,他前来迎我。他的举止略显忧伤,见到我的那一瞬间似乎露出高兴的样子,然后又僵住了,似乎挣扎着不愿背叛自己的真情实感。我们一起骑马回庄园,路上他始终保持沉默,不过对我的态度比先前友善了些。我似乎看到他眼中闪过一丝柔情,心中旋即重燃希望。

我们抵达庄园后,稍事休息,他便领我四处参观,把母亲当年居住的房间指给我看。虽然她已经离开十六年了，但房间里的一切都保留着当初的样子。她的书箱、写字台都在原处；连她最后读的那本书也依然在那里，就那样打开着。父亲神态严肃、一板一眼地把这些事物指给我看，不时用他深邃而沾染了水汽的眼睛注视我——他的眼神里有一种陌生而庄严的东西，使我敬畏不已。尽管我在哭泣，他也没有试着安慰我；我只看到他的嘴唇在发抖，脸上的肌肉也在抽搐。

我们在花园里散步，晚上我准备回房休息时，他叫我留下来念诗给他听。起先他说："上次在这里，你母亲给我念了但丁的诗；你就从她停下的地方开始念吧。"不一会儿他又说："不，那样不行。你不要念但丁的诗，自己选一本书吧。"于是我选了斯宾塞的诗，把盖恩爵士坠入贪婪深渊的那一段[1]读给他听。他一边听一边凝视着我，陷在深沉的悲痛里，一言不发。

第二天清晨，我听管家说，他到这里之后，精神一直处于非常糟糕的状态；头天晚上更是躺在花园

① 盖恩爵士（Sir Guyon）是斯宾塞《仙后》（*Faerie Queene*）中第二卷的主角，代表的美德是"节欲"。——译者注

潮湿的草丛里，整夜没有睡觉，一直呻吟叹息。“唉！”老人长叹一声，泪眼婆娑地跟我讲道，“看到主人这副样子，我心里难受得紧。小姐，当初听说他要跟您一起回这儿来，我还以为可以回到过去的幸福生活——夫人，也就是您的母亲，她的一生虽然短暂，但是和我们这些注定悲惨的可怜人相比，幸福已经足够多了；就是因为过分幸福，她才遭天妒，离我们而去哪。她那么漂亮，对我们都很好。主人迎娶她的时候，我们都认为那是最幸福的一天；夫人还是个孩子的时候我就认识她了，后来又受了她好多恩惠——您长得很像她，虽说您身上更多还是您父亲的影子——话说打他回来以后一直是这个样子吗？我兴高采烈地迎接他回来，可是一看到他进门时那张悲伤的脸，跟夫人出殡那天的样子一模一样，我心里马上就快活不起来了。等他吩咐我给你写信以后，他的心情好像平复了点儿，但还是阴沉得很，看着真叫人难受。”唉！一个忠心的老仆尚且如此感慨，何况对父亲一片眷恋的女儿呢？我听他讲着，心都快要碎了。

我们在这所房子里待了两个月。父亲和我度过了一段相对美好的时光：他陪我散步，听我弹奏音乐，在我阅读或画画时倚靠在我身上。在跟我交谈时，他的举止仍旧冷漠而拘束；只有他的眼睛似乎会说话，当它们注视着我时，那漆黑而浓郁的色彩仿佛向我倾吐着动人的悲伤。在那幽深的瞳孔中隐藏着某种东西，它是如此的清澈，其中满蕴的情感又是如此强烈；即便是幸福的我，眼中也无法洋溢出同样的光彩。但他的双眼终究含着甜蜜的泪水，在温柔的感染力底下偏有痛苦郁积，教我的心里也充满了同情。它们似乎在说，想让我平静地生活，让他自己平静地面对苦难；他渴望得到同情，自己却又一直拒绝。只有我不在他身边的时候，他才会稍稍放任自己的情感：他会握紧他的手，皱起眉头，带着憔悴的神情大声狂呼，仿佛呼唤死神前来终结他的绝望。直到筋疲力尽，他才委顿下去，仿佛死去一般。而当我赶到他身边，他又强打起精神应对。

当我们在伦敦的时候，他的悲伤里带着严肃和阴郁，如今它们已经完全消失了。当时我畏缩着逃离了他，可现在我只希望能和他在一起，安慰他，使他平静下来。当他沉默不语的时候，我试着用别的东西吸引他的注意力；而在他癫狂发作时，我偷偷走近他，虽流着泪却不肯离开。但他经历着可怕的痛苦；他在日间要平静些，但是每当夜晚来临，我不能陪着他的时候，他似乎就放纵自己去悲伤，常常整夜坐在我母亲房间的地上，或待在花园里面。到次日早晨见面时，我怀着深沉的哀怨，只看见形销骨立、憔悴欲死的他；他见我那样子呆呆望着，也便流下泪来。每当此时，他总是不言不语，叫我无从猜测他忧伤的因由。如果我胆敢主动去询问他，他要么拂袖而去，要么将他的手指放在嘴上，露出令我不敢越雷池的蔑视表情，再转身离开。如果我哭了，他只会默默地凝视我。不过他对我已不再那么严厉，虽然仍对任何关怀的言行表现出抗拒，但态度已柔软了许多。

相比之前的绝望，这种温淡许多的悲愁像是一种解脱，他似乎也对此十分珍惜。他千方百计增强自己的忧郁气息，以此消磨掉狂野的激情。他总是在钟爱的小径上来回踱步，当年他曾在那里和我母亲并肩而行，谈论爱情和幸福。他收集着关于她的点点滴滴，又常以哀愁的目光，久久凝视着墙上母亲的照片——所有这些举动都笼罩在神秘而可怖的静谧之中。若是悲情难以自抑，他便把自己锁在房间里，等到深夜万籁俱寂之时，再在庄园里不眠不休地漫游。

我反复猜测他悲伤的原因，搞得自己身心疲惫。在我看来，最大的可能或许是他在伦敦时，爱上了一个不值得爱的人，尽管心中不甘，却遭受了热情的摆布。他太爱我了，做不到为了自己的情欲把我牺牲掉；而现在回到这座庄园，关于我母亲的记忆又变得鲜活，昔年的挚爱便削弱了他当前的热恋。我的猜测不无可能，但并无事实依据。他会愧疚吗？他太正直和高贵了，不会做任何违背自己良心的事。我当时并不懂得，人会在无意识间犯下罪恶，因此把他那狂暴的行径、阴郁的表情，尽都归咎于他内心的斗争，以为那些都源自于错爱的悔恨。

但我还是自欺欺人地认为，一切都会过去；他阵发的癫狂固然可怕，他的灵魂却能最终取得胜利、大难不死。胜利之日最终或将到来，若不是我这个愚蠢又自以为是的可怜虫，过分地催促他，导致记忆与希望都一并泯灭！由于我的轻率，父亲被他心中的那个魔鬼击倒和征服，输掉了这场殊死的搏斗。就是因为我，他才会失败！我理应付出惨痛的代价。我告诉自己，只需让他得到同情，这些争斗就会止息；让他向另一个人倾诉痛苦，痛苦就能彼此分担。我将会赢得他的信任，让他不再向我掩饰他的悲哀；待我知道他的秘密，我便会为他的灵魂疗伤。我将再一次看着他的笑脸，享受那令人沉醉的愉悦；我将再一次见到他明亮的双眼，眼中即使没有快乐，至少也有温柔的爱和感激。我对自己说，就这么办。最终我完成了前一半的计划——知悉了他的秘密。然后，我们两人都堕落到万劫不复的深渊。

第五章

父亲回来已有将近一年，我几乎不曾感觉到四季的循环，便又回到了五月的末尾。森林依旧裹着嫩绿的新装，田里刚割下的青草散发着清香。我想，这秀丽的自然美景和馥郁的芳香或许可以助我一臂之力，唤醒父亲心中温雅的情感和平静的爱心，并使我得偿所愿，让他对我敞开心扉。

为了达成目的，我特地选了一个美好的黄昏，邀他与我一同散步。我带他走进附近的一片山毛榉树林中，让树荫遮住刺眼的斜阳余晖。一路上我们沉默相对，然后并肩坐在一个生满苔藓的小土丘上。说来也怪，那景色至今仍历历在目——常春藤缠绕着山毛榉纤长光滑的树干，树干上长出的新枝有着浅白色的树皮、嫩绿色的叶片，与常春藤那闪闪发亮的深绿色叶片互为反衬。浅草和青苔交错生长，去年秋风扫落的枯叶散覆其间，有的地方积成一座座小丘——下面是长着苔藓的树桩。微风轻拂过头上繁茂的枝叶，露出几斑明亮的蓝天。夜幕将至，夕阳染红了远处的树木，风也渐渐止歇，几只归巢的鸟儿从我们头顶掠过。

我们便这样坐着，可即便是在如此幽静的处所，此前发生的种种不快仍然撕扯着我们的灵魂。但我心中又有一种奇怪的冲动，感觉这地方会是我们的极乐仙境。你既然听我讲了可怕的往事，便不难明白我为何对那个地方如此印象深刻：正因为我脑海中一片空白，眼前的景象才容易铭刻上去；宁静的环境会使我的心也宁静下来，并赋予我勇气，让我能言善辩。我尽力理清思绪，决定不再逃避，奋力一试。开口之前，我的心脏怦怦乱跳，忐忑地猜想他会做出何种反应。最后，我结结巴巴地说道：

“我最最亲爱的父亲，我从您的眼睛里面看到了善良和慈爱——超乎想象的慈爱，您刚一回来就给了我——所以我才敢冒昧地对您说话。我说这些话，既是出于做女儿的一片柔情，也是希望我们能像朋友一样平等对话，畅所欲言。我请您原谅我，耐心听我说：不要不理我，也不要不耐烦。您很容易把我吓得不敢说话，可我的心压抑得快要爆炸了——过去四个月里，强烈的不安占据着我的心灵，如今我已一刻也不愿再忍受这种痛苦。

“最亲爱的朋友，听我说，对我敞开你的心扉吧。我们曾经彼此相爱，那些日子真的像梦幻一样，一去不返了吗？唉！你绝口不提的悲伤毁了我们两个，请你务必把它对我倾吐罢。告诉我，我难道不可以做些什么？你知道的，在这世上没有我无法付出的牺牲；哪怕只有一点点希望，我也愿意倾尽一切，帮你减轻痛苦。如果我无法成就你的幸福，至少让我知晓你的伤悲。我一定能用真诚的爱和深切的同情，减轻你的绝望之情。

“我怕我讲得不够诚恳，不能表达出心里热切的愿望——我只愿你心神宁静，面色安详。但我又怕讲多了，反而会刺激到你，让你更加愤怒和厌烦，那我还不如死了好！你不要一直盯着地面，抬起头来看看我吧，让我从你的眼神中读出你的灵魂。跟我说话，求你跟我说话吧，原谅我的冒昧。唉！我是一个最最不幸的人！"我讲得太激动，差点喘不过气来。不争气的泪水模糊了我真诚的眼睛，我匆忙擦去，转头不敢再看我的父亲。他依然低着头，只在短暂的沉默过后低声说道："你确实很冒昧，玛希尔达，既冒昧，又过于鲁莽。像我这样的人，心里总有些秘密的思想在作祟，你不要企图去探寻那些暗藏的痛苦。原来我就是你情绪紧张的原因，现在我知道了，心里更是说不出的难受。不过这些都会过去，我希望我们很快就能回到几个月前的样子。你得耐心点儿，不然只会弄巧成拙。不要再这么激动地跟我说话，乖乖等着，该来的总会来。""噢，是的！"我愤懑地回答，"我会非常耐心，不会再冒昧和鲁莽。"我能看见我父亲的苦恼、眼泪和绝望。他不光是我的父亲，还是我唯一的朋友，我的希望，为我遮风挡雨。我就这么抱着双手，眼睁睁地看着他受苦！你对我一点儿都不坦白，说的都是假话。这一切不会很快就过去，要是你不跟我说实话，不肯接受我的安慰，这永远都不会结束。

“我最爱的人，我最爱的父亲，请你可怜我，原谅我：我请求你不要让我绝望，千万不要拒绝我。有一件事情，也许知道真相会让我备受折磨，可你还是必须告诉我。我很认真地想要知道，是否出于某种原因，正是我造成了你的痛苦。你看见我这夺眶而出的眼泪了吗？你听到我这哭坏了的嗓音，却仍然无动于衷吗？你有发现我的双手在颤抖吗？我的话都是出于真情实意，你不能干巴巴地回答几句，就想让我保持沉默。我心里越是困惑，就越痛苦，越要找你讨个说法。我恳求你；以你曾经给过我，现在却已消失不再的爱的名义，我恳求你回答这个问题：是我造成了你的痛苦吗？”

他抬起头来，眼睛不再看着地面，却也不看我。“你要我回答，那我就回答你冒失的问题。没错，我所遭受的，到死方休的痛苦，你就是唯一的根源。所以，你要小心！安静听着！不要催着我毁掉你。风暴打垮了我，把我的内心席卷一空，只剩下荒芜。但是你能和它对抗，你还很年轻，你的热情还受理性的束缚。我可能只需要说一个字，你就会和我一起走向毁灭。

这个字一直在我的口中徘徊。啊！这是一个可怕的深渊，你必须小心！”

我喊道：“啊，亲爱的朋友！不要害怕，把这个字说出来吧！它带来的会是安宁，而不是死亡。就算这个深渊真的存在，我们的爱也会让我们长出翅膀，飞向鲜花丛生、草木葱茏的彼岸！”我扑到他的脚边，握住他的手说：“是的，说出来吧，我们就不会再彼此猜疑，满心不安，只会得到幸福。相信我，我的爱会安抚你的悲伤。说出那个字，所有的危险都会过去。我们会彼此相爱，至死不渝。”

他挣脱了我的手，暴怒地起身：“你想要说什么？你根本不知道你在说什么！你为什么要带我出来，折磨我，引诱我，让我生不如死？你出于疯狂的好奇心，想要把我的心血淋淋地挖出来，窥探其中的秘密——你倒是开心了，我呢？你所谓安慰我的方式，就是让我变得一无是处。但是我不会忍受你的胡言乱语，因为它们很快就会让我变得疯狂，无比的疯狂。我会说出奇怪的话，你会信以为真，然后我们就要永远失去彼此。我告诉你，我正处于精神错乱的边缘。我的女孩啊，你为何如此残忍，要来怂恿挑逗我？

你只会后悔，而我会死去。”

现在重温他的一席话，我才意识到当年的我是如何执拗而愚蠢。我不知道是怎样的感情驱使着我，使我无从抗拒。回想起来，当初我自以为决意倾吐心声并不会遭致反感，便直奔主题，却没有好好考虑过他的反应。我被热情冲昏了头脑，却把他带向了疯狂，带向了他最害怕的深渊。当时我听了他那些可怕的话，竟如此回答：“我最亲爱的父亲，你的话确实让我很害怕，但是你只不过是在考验我，看我是不是真的决心结束这种彼此猜疑的状态罢了，所以我是不会退缩的。你难道认为，我可以继续每天生活在恐惧中吗？好像有一把利剑悬在我的胸口上，只系在一根头发丝上，眼看就要掉下来把我穿胸而过——那根头发丝就是你口中的那个字！我要听那个可怕的字，就算它会像雷霆一样劈到我身上，我也要听你说出来！”

“唉！唉呀！我成了什么样子？几个月以来，我一直以为我就是你的全部，以为你的一切，无论悲伤还是快乐，都可以和我分享。可那幸福的时光已经消逝，世上最可怕的事情也降临到我身上。在我绝望的内心深处，我看透了你无法隐藏的事实——你已经不再爱我了。我问你,父亲,你是否被反常的情绪蒙住了心?难道我不曾像最卑微的虫豸匍匐在你身前?难道我不曾抱着你的膝盖，却被你用最残忍的方式拒绝?我明白了,我看透了,你就是恨我!”

我刚刚还伏在他的脚下，这时却被狂怒之情驱使,一跃而起。我倚靠在一棵树上,愤怒地抬头仰望天空。他暴躁地回答道:“是的,是的,我就是恨你!你是我的克星,我的毒药,我憎恶你!噢!不!”突然他又改变了态度,注视着我,那眼神触动着我全身上下每一根神经,每一块骨头。“我刚才说得不对。你是我的光明，我的唯一，我的生命——我的女儿，我爱你!”他的嗓音沙哑低沉,最后三个字几乎细不可闻,但我还是听清楚了。我倒在地上,捂住自己的脸,仿佛要立即在病痛和恐惧中死去。我的额头直冒冷汗,四肢颤抖。他却以疯狂的姿态紧扣双手,继续说道:

“现在,我已经从悬崖顶上摔下来,掉进这可怕的深渊了!危险已经过去,她还活着!哦,玛希尔达,抬起你可爱的双眼,看看我的样子吧。让我静下心来听听你那甜美的语调,听听我挚爱的声音。我如今成了怪物，而你那难以言表的可爱与美丽，却一如从前。或许这就是结局，我不知道今后我会变成什么样子，或许会像那堕落的大天使一样，改换了撒旦的形貌。我确信会是那样，因为新的邪魂已在我体内产生，热血在我血管里狂奔，烈焰会将我焚烧殆尽。但这些时光仍是珍贵的。我变成了魔鬼，可我的玛希尔达还在我面前，我热烈地爱她，就像一个从未被爱情滋润过的人一样。她现在知道了，她听到了我的心声。就算是我这样的蠢货，也知道这心声会将她伤害至死。来吧，来吧，最坏的一切已经过去，不再有忧伤、泪水和绝望——你不就是这么说的吗？玛希尔达！我们已经飞越了我之前说过的深渊，现在，记住我的话，看看我们将会飞向哪里——是鲜花丛生、草木葱茏的幸福彼岸，还是烈火熊熊、苦难深重的黑暗地狱？噢！心爱的人啊，我已情不自禁，再也难以控制自己；前方到来的无疑是死亡了。让我将头倚在你的胸前，倒在你的怀中死去！”他说完瘫倒在地，不省人事。而我凝视着他，绝望得几乎无法呼吸。

是的，我所感受到的只有绝望。那是第一次，也是唯一一次，一个幽灵缠住了我，之后再也没离开；它的尖牙刺进我的心脏，在那一刻令我感到难以言喻的痛苦。我撕扯我的头发，大声咆哮；我忽而同情父亲的痛苦，想要将他拥入怀中，继而又畏惧退缩，将他唾弃。啊！我感觉被毒蛇咬啮，被蝎尾蜇伤，只想要逃离——但我又能逃往何处呢？

不，不会一直这样下去的。我的脑海中浮现出一个念头：也许我再也没有和他说话的机会了。这个可怕的念头一出现，我的心就软化了，只剩下温柔的爱意。我久久凝视着他，就像见他最后一面似的。他昏睡在地，双眼紧闭，脸色似死人一般苍白。山毛榉的枝叶往他脸上投下忽隐忽现的阴影，摇曳着为他奏出悲伤的旋律。我看着这番景象感叹道："唉，这就是他死后的样子啊！"然后我大声哭泣，抬头望着天空，乞求上天减轻我的绝望，同时也缓解他那有乖正道的痛苦。我泪流成河，温暖的泪水却似一剂良药，将我心中压抑已久的疯狂负担冲刷一空。我哭了很久，后来看他快要苏醒，恐惧和痛苦便又卷土重来，难堪的情绪再次如潮汐般冲滩而上。我再也无法压抑这种恐惧感，便迅速逃走了。我沿着树林里的小路飞跑，又穿过田野，直到筋疲力尽才回到了我们的家。我告诉仆人们父亲所在的地点，叫他们去找他，然后把我自己锁在房间里。

第六章

我的房间偏处整栋房子的一隅，靠近花园，因此其他人的声音不能传到这里来。我于是不受打扰地哭了好几个小时。后来一名仆人进来，问我要不要吃点东西，我才从他那儿知道父亲回来了，而且气色似乎还不错。这个消息令我如释重负，却并没有停止悲泣。我先是回想起从前的欢乐时光，与绝望的现状两相对比，便自言自语，又撕心裂肺地呻吟悲叹，以此宣泄心中的郁积。后来我终于疲惫不堪，强烈的悲痛让位于无声的恸哭，仿佛整个灵魂都溶化在奔涌而出的泪里。我没有扭绞双手，撕扯头发，或发出疯狂的叫喊，心中却充满了薄伽丘笔下绮思梦达面对纪斯卡多的心脏哀悼时，那种浓烈而无声的悲痛。[1]我双手交叠，静静坐着，任凭眼泪如永不断续的溪流纷落而下。我的悲情如此深切，以至于竟然忘记了悲痛的因由。我的思绪纷飞，却想到许多不相干的琐事。我一动不动，渐渐感觉不到泪水流下脸颊，似乎泪泉已然干涸。直到琐碎的思绪渐渐消逝，我才从梦中惊醒，回到现实。

停止哭泣之后，我渐渐恢复了理智和记忆，开始更加冷静地反思发生过的事情，以及我当时的反应。早晨到现在不过短短几个小时，我的世界却仿佛经历了年华的流逝——对于我来说，父亲已经死了。恍惚之间，我似乎看到他躺在棺材里，满头白发；多年后的我陪在一旁，哀悼着寿终正寝的亡父，自己也已垂垂老去。我猛地清醒过来，看见依然年轻的自己。啊，我还很年轻，他也不曾真正死去！但我的心已盈

---

① 参见《十日谈》第四天故事一：亲王之女绮思梦达与年轻侍从纪斯卡多相恋，亲王得知，将纪斯卡多杀死，并派人把他的心脏装在金杯里端给绮思梦达。绮思梦达悲痛不已，服毒殉情。——译者注

满悲伤，绝不肯再看他一眼，再跟他说一个字。我必须立即逃离父亲，比逃离死神还要迫切；无论在荒芜的旷野，抑或喧嚣的都市，我们永不再见。我痛苦得无法呼吸，脑子里只想着即将到来的永诀，一时茫然不知所措。也使我更加确信自己无法在短时间内理清任何的思路。今后何去何从呢？无非与世隔绝，郁郁终生罢了。我不是天主教徒，却打算前往欧洲大陆，做一名修女——这与宗教信仰无关，只是为了与熟悉的世界永远别离。[①]我将在彼处与孤寂共泣，生命之声自此与我永隔。

但我的父亲呢？我苦难深重的父亲，我的眷恋，他会死吗？暴躁的激情残忍地征服了他，他是否再也无法脱身？说不定多年以后，岁月会冷却他火热的情感，把他重新变成一位慈父？这个想法让我松了口气，同时感到自己的唇角勉强挤出来一个微笑，半含

① 自16世纪开始，在英王亨利八世主导的宗教改革之后，英国奉行安立甘宗（Anglican），又名英国国教（The Church of England），与西欧大陆诸国所信之天主教（Catholics）分属基督教的不同教派。二者在仪式上有一定区别，教会分裂之本质则为权力之争。——译者注

苦楚，半含忧伤。我沉溺于对未来的憧憬中：岁月也许飞逝而过，也许沉重漫长，但无论如何它终将流逝；每个难挨的日子里，我总存着一丝希望，觉得父亲还不曾永远失去。让他再花另一个十六年，孤独地流浪吧！让他再对着别处广袤的森林和滔天的洪水，去倾吐怨怼吧！让他再一次经历可怕的危险，让苦难磨砺他的灵魂！让南方的烈日再一次炙烤他的怒容，让寒夜的冰雨冻结他的热血！

苦难深重的父亲啊，我把一生奉献给你，永远守候！——你去吧！——愿你白天和野人共居，晚上以天空为被！愿你手脚迟笨、心跳无力，灭失了青春的生气！愿你发白如雪、步履蹒跚、声音沙哑！愿你的眼神失却光泽，变得呆滞！然后，回到我身边，回到你的女儿玛希尔达身边。她会纵身投入你的怀抱，感受你涤除了罪孽的平静心跳。去吧，我奉献一生等候的父亲哟，然后再回来。——这是我的诅咒，一个女儿的诅咒：去吧，洗净红尘，再回到你的孩子身边。除你之外，她别无所爱。

我当时的想法大抵如是，并且伸出颤抖的手，准备给我不幸的父亲写一封信。我已经流了好久的眼泪，也在悲痛中胡思乱想了很久，才发现十二点已过，整栋房子里静悄悄的，似有微风透窗而入，却不曾吹得窗外藤叶作响。此时万籁俱寂，只听得到我自己的呼吸和不由自主的呜咽。突然，我听到有人迈着轻柔的步子走上台阶，便屏息止声，全神聆听。脚步声接近时，我轻轻挪到房间一个阴暗的角落里；来人在我门前停顿了一会儿，却又转身返回，走下台阶。随后我便听不到任何声音了。

这个小插曲令我愈加痛苦难耐，心中苦怨之深，至今不敢回想表达。我想他应该是难以入睡的吧；他就像一个游魂，心灵已被地狱的烈焰吞噬，却仍然不能安息。但他为什么接近我的寝室？难道不知内外有别？当他站在门前的时候，我心脏狂跳，感觉自己几乎要晕过去了，却仍强忍着恐惧，并没有暴露出脆弱的内心。他总算退回去了。啊，绝不能，绝不能，让我再一次看见他！明晚我们不要在同一个屋檐下，我和他必须分开。我们命运的连接已经断裂，必须让大海，让陆地来分隔我们，不要让我们同时看见星星，或同时看见太阳——不准他在远眺新月西沉的时候，说什么“玛希尔达现在正望着同一个月亮”。不，必须要改变这一切。凡黑暗伴我之时，愿光明与他同在！当我在冬雪中瑟瑟发抖时，愿他感受着夏日的暖阳！愿我们相距万里，各在地球的另一端！

终于，东方的天际露出了鱼肚白，怡人的晨曦涌入我的房间。刚才在夜里，我明明心倦神困，眼皮重得都睁不开了，还努力与睡意做斗争；现在天亮了，我不再害怕，一头倒在床上。我想要宁静的睡眠，但并不希求遗忘；我知道自己应该追求美好的梦想，却并不畏惧已有的噩梦。我想自己已经有足够的勇气，去找到父亲，当面告诉他我决心要离开。于是我在整栋房子里找他，又去了庭院、田间、林中，但都一无所获。最后，我远远望见他坐在一棵树下，看见我，便招了几下手，叫我过去。他的样子非常怪异，让我觉得心惊胆战，但还是向他走去。走近后，我见他脸色如死人般苍白，一身白袍风中飘动。突然，他拔腿就跑，我紧追不舍。我们一前一后，越过田野，穿过茂密的丛林，顺着河岸飞跑。最后，我们仿佛来到一处临海的悬崖之上，迎面吹来海风，浪潮拍打着万仞石壁。

我听到海水咆哮的声音，眼见他径直冲向悬崖边缘，呼吸一紧，生怕他就此跌下可怖的绝壁。我拼命加速朝他跑去，双腿却不听使唤。我赶上他，伸手却只抓住他随风飘动的长袍一角，眼睁睁见他纵身跃下。我尖叫一声，倏然醒转。

我止不住地颤抖着，眼泪湿透了枕头，心脏狂跳了好一阵子。不过明亮的阳光和悦耳的鸟语使我迅速恢复。我起了床，精神还是很疲倦，心里想着这新的一天里，事情会如何发展。磨蹭了很久，我总算鼓起勇气，按铃叫女仆过来。女仆来了，我也不敢提父亲的名字，只吩咐她把早餐端到我的房间里来。女仆去端早餐，我又剩独自一人。我依然下不了决心，只想到可以给父亲写张便条，请求他准许我去拜访一位住在三十英里外的亲戚。那位亲戚曾经邀请我去她家，当时我不肯离开痛苦的父亲，拒绝了她。这时女仆回来了，带给我一封信。

“这是谁给我的信？”我颤抖着问道。

“是您父亲留的信，小姐。他把信交给仆人，让他在您起床以后转交给您。”

“我父亲‘留’的信！他在哪儿？他不在这里了吗？”

“是的，他走了，不到凌晨四点就走了。”

“上帝啊！他走了！快告诉我怎么回事，快点！”

她简单地告诉我发生了什么事。他已经坐马车去了最近的镇上，从那里换乘驿递马车，下令沿着伦敦大道出发。他说自己有急事外出，吩咐仆人们不必跟随，在他回来之前听从我的命令。

第七章

我心中忐忑，没来由地一阵害怕。我打发走女仆，锁上房门，坐下来读父亲留给我的信。信里写道：

亲爱的孩子：

我背叛了你对我的信任，想要污染你的思想，还给你清白的心灵灌输了不道德的言行和畸形的感情。我必须为自己赎罪，也必须在某种程度上接受和罪行对等的惩罚。我毫不怀疑，对于我将要宣布的事情，你已经做好心理准备：我们必须分开，永不再见。

因为我的过错，你失去了父亲和唯一的朋友。你被抛到这个世界上，孤苦无依。你的希望破灭了，纯净内心的安宁祥和毁于一旦；你只记得，纯洁的父女之爱遭遇背叛，可怕的罪孽令你痛苦不堪。然而我这个一手造成你不幸的人，抛弃了亲生女儿，却不知悔改，在她的心头眉间留下怀疑和痛苦的烙印，又怀着魔鬼般的轻浮，竭力偷走她的美丽，想要把污秽丑恶的罪孽注入她的心中。我的心中盛放不下满溢的痛苦，只想乞求你的原谅。

我不求你的怜悯，你必定痛恨着我；但是请原谅我吧，玛希尔达，不要在我放逐天涯的时候，还怀着无休止的愤怒来记恨我。我绝不能再注视你，再听到你的声音；但若你肯原谅我，你那轻柔的低语便将传到我的耳畔，平复我混沌的头脑、焦灼的心灵——哪怕我躺在坟墓中，也必能听到它。我提出这个放肆的要求，且再斗胆向你诉说，我是如何悲惨地陷入这张痛苦之网，又曾如何挣扎着想要逃离——如果你的灵魂不是那样的澄澈明净，我绝不会在你面前为自己辩护——我固然担心，如果你变得不那么厌恶我，你对于罪恶的憎恨也可能会削弱；但在给你写信的时候，我感觉像在面对一位天使般的法官。得不到你的原谅，我就无法离开，因此为了不至于全然绝望，我必须努力向你争取。我恳求你听听我说的话：如果说凭借你的善意，我的罪过可能会因强烈的痛苦得到些许宽容；如果你知道我在为精神分裂的疯狂而悔恨；那么你也许会觉得我有理由请求你的同情——虽然我并不敢那样做。

我请求你回忆一番，我们曾在罗蒙湖畔度过的幸福生活。我在外漂泊十六年，历尽艰险困厄后，满心疲惫地回归故土，感情世界一片空白。我仅存的哀伤是为着你的母亲，仅存的爱恋是为着尚在人世的你；除此以外，只余宁静。我周遭的人徒具人形，无法与我心意相通；历经爱妻身殒之巨创后，一切外物再难使我动情：任眼前繁华似水，我只是无动于衷。唯有当我想起你那小小的婴儿形象，心中才会产生一分温暖。

这是一种奇怪的宿命：我从未见过长大后的你，却深深地爱着你。我在外面这些年，没有哪一晚睡觉前，不会先祈祷你能够安然入梦。每次看到一个可爱的女孩子，我总会想，我的玛希尔达是像她一样吗？可喜的事物、壮美的风景、轻柔的微风、高雅的音乐：我总把这一切和你联系起来，也正因如此，它们才能令我展眉开怀。终于，我见到了你本人。你就像是极乐仙境的女神，来自天堂的上位天使，在芸芸众生之间，只许我与你相伴。你清丽绝伦，天真烂漫，冰雪聪明，莺声传情，不似人间凡物，我竟不敢把你当成自家女儿。若必说你是凡间出身，那也是遍撷了天下芳华才能造就。你优雅的身形仿佛取自山风、瀑布、湖泊，心灵更是超然脱俗，孕育成形之时便摒除了恶意的糟粕。你还没有见识过大千世界，不知道世间的庸脂俗粉和山林中的仙女之间，有着何等巨大的差异——是的，你就是林中仙女，寻常人物要苦修千百年，才能接近你的智慧与纯洁。你身上的神性光辉照耀着我，恰似贝雅特丽齐的光辉照耀着但丁。我愿借用但丁诗文，来表达更深一分的崇敬：

当此神光前，眩然忽忘己。[①]

玛希尔达，你能想象得到吗：你的一颦一笑，一言一行，都如同美酒，让我沉醉在纯粹的喜悦之中。

但是我可能有些偏题了。黑夜迫近，我留在这里的时间不多了，必须说得简短些。唔，直到我们一起搬去伦敦，朝夕相伴，我对你也只是怀着正常的感情。注视着你的脸，知道我是你的全部依靠，我便如身处愚人的乐园，满心喜悦安宁，别无所求。这样的爱有错吗？就算有，我当时也没有意识到。我确已别无所求：你的细语娇颜令我喜不自禁，倍感亲近，或许不同于普通的亲

① 作者此处引但丁《神曲·天堂篇》第四章之句："E quasi mi perdei con gli occhi chini"，并漏引"con"一词。"当此神光前"一句系根据原作前文大意补出，否则中文不够流畅通达。——译者注

子之情，但我心中也是坦荡一片，并无半点罪恶的念头。我对你的爱，是一种凡人与女神结合之后，面对所生女儿的爱。安喀塞斯与维纳斯结合生子之后，对自己儿子的爱大概与我相似——都是亲情、崇敬和仰慕的交织融合，只是孩子性别不同罢了[1]。也有可能是因为，我们彼此怀有深厚而独特的感情，这让我的激情得到了满足，转化成平和的温情。

可是！当我看到别人也爱上了你的时候，我怎么能够接受，你不再是可爱与优雅的神圣化身，而是成为平凡的爱恋对象？我怎么能够接受，你也许会怀着比我们之间更为热烈的感情，去爱上别人？于是，我心中的魔鬼苏醒了。我轰走了你的追求者，然而心中从此再无一刻安宁。我开始失眠，终夜难以合眼，气血翻腾不止。我就像是一个抱着希望死去的人，在地狱中转生

---

① 安喀塞斯(Anchises)和爱与美的女神阿佛洛狄忒(罗马名为维纳斯)结合，生下埃涅阿斯(Aeneas)。在古罗马传说中，特洛伊战争结束时，埃涅阿斯背着父亲逃出被攻破的特洛伊城，后来成为罗马人的祖先。——译者注

成为邪灵。给这个罪孽深重的父亲一块布，把他心里那些见不得光的挣扎、绝望、自怨自艾全都遮起来吧，免得污染了女儿的心灵！如斯痛苦的灵魂中，怎么竟蕴含着下贱的秘密？那是一片罪恶的骚动，交织着厌恶与悔恨，却也是至柔的深情。直到看见你流露出担忧和痛苦，我心里才幡然悔悟，决意要控制住自己，还给孩子一个正常的父亲。因此，我才回到这个地方——我以为重游故地，可以再次唤起心中的丧妻之痛，忆起忘却了十七年的昔日点滴，好提醒自己该怎么对待他的女儿。我曾被一股豪情驱使，要丢下我生命中最重要的女儿，独自回来，一日不祛除心中的罪孽，便一日不再见她。可我做不到——我高估了自己的坚强，低估了对你的爱。如果你不赶快来跟我会合，我一定会死的。啊，我真该就那样死掉！

现在，玛希尔达，听我做最后的忏悔。我以为能够控制住自己对你的感情，可那只是个可悲的错误。我最初的爱恋就住在这所房子里，徘徊在此处的田野与树林之间；回到这里，爱焰只会燃烧得更加炽烈。我在疯狂中喃喃自语：黛安娜在生她的时候死去，母亲的灵魂一定托生到了女儿身上——对我来说，她就是黛安娜！我想要丢掉这个念头，然而罪恶的情欲挥之不去，违背自然的邪念压倒了对自己的厌恶，终于葬送了你的希望，更让我万劫不复。

恨不斩情绝爱，父女相亲无瑕。

孽情已和我的灵魂连成一体，纵是时空流转也分拆不开了。欲望的地狱在我心里生了根，自从我回到这里，没有一刻不在焚烧着我，要把我烧成冰冷僵硬的死灰才肯作罢。唉，可恨我的肉体却不曾死！怎么我竟敢跑回与黛安娜初遇的地方，就在这里背弃她最后的请求？她在最后的时刻，用微弱的声音向我诉说爱意，那直到世界末日永存不灭的爱意，然后嘱咐我，要让她的孩子幸福。如今回想起她的遗言，我心中更如万针攒刺，至死不休！我要离开你，离开全人类，离开一切生灵，到只有我一个人的地方去。我不能死，只能忍受这余生的重罚，直到那可怕却令人向往的坟墓，来解除我的痛苦——把我余下的全部感情加在一起，得到的除了痛苦还有什么呢？我将背负这个恐怖的诅咒，展望未来，惨不堪言。孩子啊，如果死后还能与你再见，但愿痛苦能够净化我的心灵，但愿忏悔能够洗清我的罪孽，让我清清白白地和你重逢。

* * * * *

我去过你卧室的门前，听到里面静悄悄的，你已经睡着了。你真的睡着了吗，玛希尔达？诸善之灵啊，请看一看我眼中的热泪，听一听我诚心的祈祷，保佑我的孩子吧！保护她不受自私小人的侵害；保护她不会为情所困，不会失望痛苦！啊，我身体的女儿，我灵魂的女儿：愿安宁、希望与爱守护在你身边！

* * * * *

我不敢重读一遍这封信，因为已经没有时

间修改重写了，而且也害怕里面有些话读起来让自己难受。自从最后一次见你，我一直在给你写信，并且打算再多写几句，因为这次一走就是永别。我不必恳求你把我当成恩断义绝的路人，因为我相信你素来聪慧，不至于前来追踪我。为了你自己的安宁，你最好还是别知道我的行踪。你不能来找我，因为在我放逐自己之后，要是你又闯进我的生活，焉知不会引起新的邪念？你不会来找我，我知道你不会。你必须忘记我，也忘记我灌输给你的一切罪恶。我给你带来的只有悲伤，把它丢掉吧。我就像瘟疫，所过之处寸草不生；愿你不受我的影响，长成明艳无俦的鲜花。

我再也不会给你写信了，这封信就是我的遗言。是我让你失去了父爱，可我还是希望，你能把我的话当成一位父亲最后的要求。请你将这场不堪回首的往事断然忘却，把它看成少女时代注定要经受的波折。请迎着风暴勇敢前行，请保持聪慧温柔的个性，但要记得，你的职责就是幸福地活下去。你还很年轻，这不过是个小插曲，别让它耽误了你的锦绣前程。坚持活下去吧，心爱的人。你青春的朝阳才冉冉升起，你会在阳光沐浴下焕然一新，不要沉溺于悲伤吧。孩子啊，请你垂怜我，让我相信我没有彻底毁掉你！

别了，玛希尔达。我走了，心里相信你已经原谅了我。是我让幸福从你指间溜走，是我抹去了少女的眷恋与希望，我成了你的死敌，但你天性善良，哪怕面对死敌，也一定不愿去恨他。我就像末日使者一样，猎杀美与欢乐，只留下荒芜与绝望——即使如此，你一定还是会原谅我。我眼中淌着泪感谢你。亲爱的人啊，我怀着永久的谢意，接受你的宽容。我心中的这份谢意必将长存，必将比罪孽与悔恨留存得更久。

别了——永远！

我读完信，立即叫仆人准备马车，想要追上父亲。他在信中力劝我不要追寻他，反倒坚定了我这样做的决心。他为何要写这封信？他明明很清楚，如果我相信他的目的只是要远离我，那岂不正如我所愿，我又怎么会阻拦他？或者如果他以为——当然他不会这样以为——我心里暗藏着某种感情，驱使我去找他，那他就不该试图葬送他再次见到我的唯一希望；爱人——我想我是疯了，可他就是我的爱人——是不会这样做的。不，他肯定是决心要自杀，只是不想让我知道，免得我难过！他信里说什么他不能死，只能忍受余生重罚，反倒更添了我的疑心——我把信重读了几遍，越读越觉得处处都是在说，他的人生行将结束。他要自杀！这个念头让我的血液凝固了。一种病态的恐惧感袭上心头，让我连眼泪都流不出来。我一边等着仆人准备马车，一边焦躁地来回走动，时而无力地跪下，时而双拳紧握。我想要祈祷，却说不出话来，这才发觉自己在下意识地呜咽着。啊，有这样灿烂的阳光，这样芬芳的空气，他一定还活着。不然的话，为什么黑夜没有突然降临？

坐在颠簸得厉害的马车里，想到马车正带我朝他飞驰而去，想到也许他还活着，我便重拾了些许勇气。只有希望支撑着我：希望一切都还不太晚。我没有哭，擦掉了额头的汗水，又拼命让飞速疯转的大脑和狂跳不止的心脏平静下来。啊，见到他的时候，我一定不能疯。或者说不定疯了更好，因为看到我疯了，他就要分心照顾我，就会遏制他自己的疯狂，并且忍耐着活下去。不过在找到他之前，我必须强迫自己保持理智。我双手紧紧压在额头上，心里说：理智呀，千万不要弃我而去，不然我会忘记自己追出来的目的！保持这样风驰电掣的速度，我就能追上他；可要是停下来耽搁了，也许就一切都晚了。上帝啊，帮帮我吧！别让他死掉，别让我的世界漆黑一团！在我卑微的生命中，别的我什么都不想要了——不要希望，不要良善，哪怕欲望，哪怕罪孽，哪怕恐惧——只要让他活着！活着！纷乱的情绪封住了我的七窍，让我流不出眼泪，呼吸也变得短促而沉重，脑海里只有那唯一的念头在盘旋，唇边也只挂着那唯一的词语，尖声说了一遍又一遍：活着！活着！

我带了管家一同出来，因为他比我懂得人情世故，知道如何打听消息。这位可怜的老人见我处于深沉的悲伤之中，心里早知道原因，便也忍不住要落下泪来，颤颤巍巍地说些话来安慰我。在这样的时刻，我看见他昏花的老眼里含着同情的泪水，心里早已放下主仆之分，将他平等相待。见他稀疏的白发覆在皱纹密布的额头上，我禁不住想到：要是父亲也像他一样老态龙钟、白发苍苍，那该多好！我们就不会受这样的折磨……

我们一到最近的镇子，立即换乘驿递马车，顺着我父亲离开的路追上去。每到下一个驿站，我们边换马边打听，总能听到关于他的消息，让我心里一会儿燃起希望，一会儿又被恐惧占据。后来，我发现他更换了路线，不再顺着伦敦大道行进，打听之后才知道他顺着另一条路往海边去了。我不禁想起先前做的那个噩梦。平时我不是迷信的人，可在这种时候，谁都难免产生迷信的念头。大海离这里有五十英里——他正是往海边去了！我越想越怕，几乎要发疯，最后的一点儿自制力都快要失去。我一整天马不停蹄地赶路，时间每流逝一刻，心中的焦灼哀苦就增添一分，越来越难以忍受。时值盛夏，万里无云的晴空上骄阳似火，空气也非常闷热，可我的皮肤虽然被烤得干枯，心里却是冰凉一片。到了黄昏时分，天际线上升腾起大片乌云，低沉的雷声从远方传来；等到太阳完全西沉，乌云迅速染黑了半边天空，继而雷雨大作。闪电照亮了原野，轰鸣的雷声淹没了我们马车行进的声响。我们抵达下一个驿站，却得知父亲没有在此换马，只是在邮箱里留了一封信，说他还会回来，就徒步横穿田野，到八英里外的一个海滨小镇去了。

那一瞬间我几乎被吓得无法动弹，但马上又振作起来，打算请人带路去追他。外面是风雨交加的黑夜，但我许以重利，很容易就说动了一个农夫做我们的向导。我们冒着倾盆大雨，穿过田间小道，翻越荒野丘陵，可怕的霹雳不时在我们头上炸响。啊，多么可怖的夜晚！但我迎着暴风雨，拨开湿漉漉的长草，飞速前进。我心里一直想着那个噩梦，就像一个快要被绝望逼疯的人，大声喊道："鼓起勇气！我们还没到海边，还有好几英里呢！"但我们越朝着大海的方向行进，我的心里反而越是迷茫，又因为疲累不堪，一跤跌倒在泥泞里。我看见大约二百码外，大片草地的中间矗立着一棵巨大的橡树；一道闪电划过，只见它的许多枝丫都被风暴摧折了。我的脑海中突然冒出一个奇怪的念头。你若没有经历过和我相同的痛苦，经历过最重要的人生死未卜的时刻，你就不会明白我当时的感受。在那样的情况下，头脑已不受理性控制,人会突发奇想,把自然环境的变化和自己害怕的事情胡乱联系到一起。怀着那个奇怪的念头,我转头对脸色苍白、瑟瑟发抖的老管家说:“你看,加斯帕,如果下一道闪电没有打中那棵橡树,我的父亲就一定还活着。”

我刚说完这句话,一道闪电就伴着轰隆的雷声劈了下来。等到被闪花的双眼恢复了视力,我看见草地上的橡树已经不在了。老管家看到上天这么快就回应了我的话,顿时发出一声恐惧的狂叫。我见到这情景,身上反倒又有了力气,站起身来惊骇地叫道:“噢,上帝啊!这就是你的旨意吗?不,也许我还能及时赶到他身边。”

这时离海边还有几英里远,我们继续朝目的地赶去,总算回到了大路上。在一个驿站里,我们听说我父亲日落之前曾到过那里,观察了一会儿天气,然后租了一匹马,往下一个镇子出发了,似乎打算在暴风雨到来之前抵达。那个镇子离这里五英里远,距离海边一英里。我们重新租了一辆四匹马拉的驿递马车,在风暴之中加鞭疾行。我的衣服早湿透了,粘在皮肤上;头发被水沾湿,一绺绺地贴在脖子周围,又被风吹得朝旁边飞起来。我冷得发抖,却时刻处于亢奋之中,脉搏跳得飞快。伟大的上帝啊,我经受着怎样的苦难哟!我圆睁的双眼里流不出泪,却燃烧着狂野的火焰;大脑所承受的压力几乎要把我整个压垮了。半个多小时后,我们到了那个镇子,得知我父亲抵达这里的时候,暴风雨已经开始,他却拒绝在此停留,只把马留在这里,自己步行往海边去了。唉!他选择大海作为最后的归宿,对他对我都是何等的残忍!我要在绝望中疯魔了。

可怜的老管家劝我留在这里,让他一个人去追我父亲。我已奄奄一息,靠在他的手臂上,说不出话来,只是悲伤地摇了摇头。从这里往海边没有可通马车的大路,我便拖着沉重的步子,在起伏的荒野中,朝我的命运走去,生死未卜的痛苦已被笃定的痛苦所取代。一出镇子,我就听到大海的波涛声。我昏昏噩噩,向着那宿命的海涛前进,用只有自己听得见的声音说道:“这是我在梦里听过的声音。这是为父亲而鸣的丧钟,我听到了。”

雨停了,风住了,雷电也都止歇。我的心跳平静下来,一切热狂都已消退,只觉得很冷、很冷。我的膝盖不听使唤，四肢因过度的劳累而颤抖，几乎要睡去。我一言不发，周围的一切也都静默，只有波涛声越发响亮，越发恐怖。但我们还是缓缓向前挪动着。痛苦与绝望紊乱了我的思绪，有那么一阵子，我觉得我们永远也到不了海边——那波涛声是一个引诱的魔咒，让我们就这样一直走下去，走过连绵的荒野，走过白天与黑夜，永无休止。

最后，我们来到了海滩旁边。路边有一座农家小屋，我们上去敲门。门开了，一张床映入我的眼帘，上面直挺挺地躺着什么东西，被一张床单盖着，旁边围着一群惊骇莫名的人。他们说了几个字，证实了我已经知道的噩耗。我一点儿都不吃惊，也没有感到天崩地裂。我依稀记得自己提了一两个问题，并听到有人回答了我。不知过了多久，大概几分钟吧，我终于晕倒在地。如果一切就此结束，那该有多好啊！

第八章

我晕过去以后，被送到了邻近的镇子里。接下来好几个星期，我先是发烧，然后浑身痉挛，不时昏厥，徘徊在死亡边缘。但我的生命力毕竟还旺盛，我终于痊愈了。我能够恢复，一定程度上有赖于自己意识不清，回忆一片空白；等我想起来的时候，我又过于虚弱，没有力气产生激烈的感情。我不停地告诉自己，父亲死了。他对我产生了不伦之情，受到良心的折磨，最终自杀身亡。可我为什么竟不觉得恐惧呢？这样的情形还不够可怕吗？挚爱的父亲去了，我再也无法注视他的双眸，无法听到他的声音，无法感受到他的抚爱，这难道还不够悲惨？他躺在那里，冰冷、僵硬，他死了！唉，或许我已经全然麻木：在那个风暴肆虐的夜里，冷雨如安提帕罗斯山洞[1]中的魔水，倾泻到我的心上，把它变成了石头。我欲哭无泪，欲叹无声——可我必须保持头脑清醒，强迫自己感受到痛苦与绝望。我这样做不是想死，而是想要复活，因为我已经和死了一样，连悲恸都感觉不到了。

我努力让自己的灵魂恢复生机，但对外界，我是一言不发的。别人叫我，我基本不回答；有人靠近，我就很不舒服。本家的女性亲属围在我身边，但我差不多一个也不认识。我听不进她们的安慰，那些安慰的话在我耳中就像莫名其妙的外语，起不到任何作用。我在想，我心里掌管七情六欲的部分是否已经死去，再也无法与别人心意相通，感受到痛苦与爱？但我错了，痛苦只是打了个盹儿，苏醒之后会变本加厉；爱，却真的长眠不醒，只留下它的鬼魂萦绕在父亲坟头。父亲死后，我的世界空白一片，只有悲怆烙下燃烧的

① 安提帕罗斯（Antiparos）是爱琴海南部的一个小岛，岛上有钟乳石洞，至今仍为著名景点。雪莱夫妇的好友，诗人拜伦曾在洞穴石壁上刻下自己的名字。被洞里的水滴到会变成石头，应系当地传说。——译者注

文字:“自此永无欢笑。”活人不是我恰当的伴侣,我只苦思着如何摆脱他们,到无人知晓的地方去隐居。

我恢复得很快,心里却一直计划着逃离。亲属们准备让我学习融入社会,这对我不啻于一种折磨。对于心中怀着难言悲伤的人来说,远遁避世才是唯一的出路。若一个人的心里装满了不可想象的过往,情感与回忆永远起伏不休,即便她身处人群中间,又有谁能比她更加孤独呢?我的故事极尽哀伤,难以启齿,且让秘密永驻我的心中罢。或许我会把可怕的真相告诉荒原上的风,但绝不流露只言片语,或哪怕一丝神情,以免他人窥测猜想。我一定不能与人对视,否则他也许会从我的眼神里读出父亲的罪愆;我一定不能与人交谈,否则我支支吾吾的声音也许会泄露可怕的秘密。我要把秘密葬入最深的心底,再在上面堆积千百层虚伪的笑语、奸诈的诡计与无耻的谎言;让迷雾遮蔽他人的眼睛,同时也毒害自己的心灵。[1]可

① 这一段描写与作者的现实经历相符:丈夫雪莱死后,玛丽·雪莱表面平静,其下却隐藏着巨大的痛苦。参见尼奇(Nitchie)所撰《玛丽·雪莱》(Mary Shelley)一书,8-10页。——英文编纂者原注

我是爱的女儿，森林的孩子，大自然光明本质的造物。我怎能忍受这样的生活？

不过我要怎么逃离呢？我继承了大笔财产，却年龄尚幼，要受指定的监护人照看。我被迫和他们自命不凡的社交圈子打交道，同时小心翼翼地守护着我的秘密。我要是逃跑，他们一定会派人追我，这辈子可能都没有逃跑的机会了。要不还是死掉吧？我想到这里，不禁打了个寒战。即使我最爱的人也躺在冰冷的坟墓中，我毕竟还是怕死的。或许正如约伯所说[①]：

> 如今我的希望在哪里？我所希望的有谁能看见？
>
> 当我们同在尘土中长眠，希望也将随我们沉入阴间。

是的，死亡会将我们连同希望一并摧毁，碾成齑粉。待我死后——不，我不要死！我还不可以死，也不

① 原文引自《圣经·约伯记》17: 15–16。为尽量还原主人公引用此语之用意，译文不引用和合本，而由译者斟酌上下文自译。——译者注

敢死。我想到此处，温热的泪水在眼眶里打转，终于流了下来。说不清泪水是释放了心里的压力，还是让我更加痛苦；我就这样流了许多泪，又徒劳地哀号了一阵子，伸出双手想要拥抱无情离去的父亲。等到耗尽了这副弱躯里的力气，我又一次沉入幻想，盘算着如何逃跑，寻觅那如死亡般宁静的孤独——如果说这世上还有令我向往的事物，那便是这孤独了。

我虽然不敢死，却可以伪装出自己的死亡，然后趁乱逃跑。人们会以为我随父亲一同去了，这其实也不假。当我独处之际，没有旁人的声音惊扰我的迷梦，没有冰冷的眼神封冻我眼中的火焰，我便可以与父亲的灵魂对话。只要在孤独的荒野之上，在正午或午夜时分，他就仍然在我身边。他对我最后的嘱咐，是要我幸福地活下去。也许他曾期望的，和我如今想要的并不一致——我只愿品尝阴影之下的幸福。他怎么能指望我笑嘻嘻地追逐华丽的泡沫，等一个破了，又两手空空地去追逐下一个？我曾经的希望已成幻灭的泡沫，可它曾如此美妙绝伦，已经没有更好的泡沫可以吸引我了。何况我几乎就要倒毙在身心重负之下，再也无力去追求什么。

我要假装死去。那些有继承权的亲属只会心满意足，攫取我遗留下的财产，我正好拿这些身外之物换取自由。不过实施这计划还得讲究些艺术，多少给自己留点钱，不能落到一贫如洗的地步。唉！我怎么竟被迫玩弄这等令人作呕的伎俩？可若不这样做，我便要一辈子活在虚伪之中。而且每当我懊悔不该耍花招、想要放弃装死的计划时，便有一个姑婶表亲之类的人前来拜访，跟我说什么不要伤心，凡人终有一死啦；说什么我父亲早在我母亲去世后就丧失了心智啦；说什么这个疯子自杀死了倒好，不然搞不好先把我给杀了啦——这些话简直令我难以忍受，立即决定执行原计划。当然，她们的原话说得要委婉些，也注意不伤害到我的感情，但是就像柯勒律治的诗中所写——

言语纵轻软，
个中深意寒。[①]

① 引自柯勒律治的《火焰、饥荒与屠杀》（"*Fire, Famine and Slaughter*"）一诗，玛丽·雪莱的引文和原诗略有出入。——译者注

她们居高临下地望着我，一边说，一边露出怜悯的微笑，假意呜咽几声。我只是面无表情地听着，忍受着这些侮辱，一个字也不敢说，体内的每根神经却都在颤抖。唉，从前的生活中没有欺诈，多么美好！如今的我，外表如白鸽般纯洁，心灵却如狐狸般狡诈，能够看穿她们这些堕落的谎言，知道其中没有半点神圣无瑕的情感。我曾真诚待人，简单坦白，如今却要用纷繁的色彩掩饰自己——刚开始可能会笨拙些，待反复练习，就会渐渐学会灵活应对，连撒谎也优雅自如。是的，我会渐渐失却本色，将灵魂埋葬在谎言之中。挚爱的父亲啊，收下你不幸女儿的纯洁心灵吧！趁她还如从前般清白，不如父女就此重会！否则，待她形神改换，你就认不出她来了。正如哀怨会改变康斯丹丝[1]，欺诈也会改变我。最终，天堂里的你会说："这不是我的孩子。"我的父亲啊，无论是为了现在，还是为了将来在天上与你重会时的幸福，我都要逃离这样的生活。对我这样一个人来说，这样的生活

[1] 此指莎士比亚历史剧《约翰王》中，亚瑟亲王的母亲康斯丹丝。她因遭到法王的背弃，爱子被俘虏，而变得满心怨毒。——译者注

就是一种嘲弄。只有在孤独中,我才是我自己;只有在孤独中,我才属于你。

唉！直到现在,我回想起自己那些阴谋诡计,仍然感到一阵恶心。经过许多次痛苦的挣扎,我终于成功地逃走了。我先是设法留下足够度过余生的钱财,然后又假装死去,并让所有人都深信不疑。关于我所使用的方法,我可以慢慢讲述一大堆细节——我可以,但我不愿意讲。直到现在,想起用的那些计谋,我都不禁要脸红,心里也很难受。我希望自己能把它们叫作“善意的欺骗”,具体细节就留给读者去想象吧。每当回忆起来,我总觉得自己就像犯了罪——如果非要逼着自己去讲,我怕我会没有勇气把这个故事讲完。总之,亲戚们把我带回了伦敦,一连几个星期,我都不得不忍受他们的冷言冷语、冷冰冰的眼光,他们所谓“安慰”我的那些话更是冷彻心肺。他们想要束缚住我,以为用来拴住我的不过是轻丝软绸,却不知在我心中,那便如铁链一般沉重。但我终于挣脱了他们的束缚,就像挣断稻草绳一样轻松。我逃了出来,奔向自由。

待在伦敦的那几个星期是我人生中最悲哀的时

光。对满心哀伤的人来说，住在那座巨大的城市是件可怕的事——那里没有乡村的落日与银月，没有流水的低语、树叶的轻唱，因此也就无法抚慰一颗失落的心灵，无法让人心神舒弛，犹如服下一剂宁神的良药。田园美景之于我，恰似海蛇之于水手，拥有令人心醉的魔力；大自然在不知不觉间赐福于我的灵魂。城市却好像一个铁丝围成的牢笼，高楼大厦挡住了自然风光，你只能从缝隙间望见一丝天空。

我很难向你形容，当我住在伦敦的时候，心情是如何的狂躁；我几乎处在了疯狂的边缘。不，我只能回忆起自己那些疯狂至极的念头，以及随之付诸实施的行动。我高举双手，叫天空赶快塌下来，把我埋葬在下面。我扯下自己的头发，将它们抛撒到风中，喊着“你们自由了，快去找父亲”——然后又像那位不幸的康斯丹丝一样，追上发丝，把它们打成结，不许它们抢在我前面见到父亲。我跪在地上，臆想自己正在父亲的坟墓上边，然后愤怒地捶打大地，怪它盖住了父亲，不让我见到他。我常怀着无比的渴望聆听大海的声音——海风里仿佛混杂着父亲的呻吟——然后泪流满面，直到浑身的力气都随着眼泪流逝，虚弱的我才恢复了平静。当我回想起这一切，我不禁问自己：这难道不是疯狂？在伦敦的日子里，我就是这样狂态尽显，还有其他种种可怕的念头，言语实在难以尽述。直到我重获自由，这一切痛苦才尽数消散；当我终于身处荒原之中，看到第一颗星闪烁在西方的夜空时，我才哭了出来，轻轻地流泪，任宁静将我拥入怀中。

不要误会，我从未真正陷入疯狂。尽管产生了种种怪念头，理智一度接近崩溃，我对自己的处境仍始终保持着清醒的意识，我所追求的也始终只是安静与孤独。周围没有人真正了解这些。他们只看到一个心碎的可怜女孩，用低柔的声音喃喃自语；他们只看到这女孩想要隐藏自己的悲伤，泪水却偶尔从低垂的眼眉下滴落。他们看到一个喜欢独处的人，躲避着旁人的视线，从无半点欢笑——哦，是的，我从来不曾欢笑！——仅此而已。

总之，我逃离了。我逃离了监护者的住所，自此在他人的世界中音讯杳然。人们通过我留下的信件，和我刻意营造出的蛛丝马迹，都误以为我已经自杀身亡。正因如此，亲属们也不那么费心去寻找证实我的下落，很快就把我全然遗忘。我乘一条小船离开伦敦，朝英格兰北部的一个港口驶去。我的计划成功了，我恢复到孤身一人的状态，心灵也因此恢复了平静。海上波澜不兴，轻舟翩然前行，我坐在甲板上，头顶是宽广的天空，感到自己已焕然一新。我不再是那个疯狂而不幸的玛希尔达，而是一位决意避开世间喧嚣的少女，挣脱了令人绝望的邪恶，远去天涯海角，了此余生。我穿着修女般的装束，好似从幻想故事中走出来的人物，心里怀着只有自己知晓的秘密，航向永恒孤寂的宿命——这一切在我伤痕累累的心里唤起了温柔的思绪。微风吹拂着我的发丝，为我注入活力；我平静地注视着海波反射的阳光，看着彼此追逐的鸟儿掠过海面，仿佛在用羽翼为大海梳妆。我沉入久违的无梦之眠，又神清气爽地醒来，享受着宁静的自由。

四天之后，小船抵达了那个港口。我没有在海边停留，立即向内陆进发。对于接下来的去处，我早已有所计划：那是宽旷的平原上一所独立的房子，旁边没有邻人居住；我在那里可以看见整个地平线，远远避开他人目光的骚扰。我并非厌恶一切人类，只是若想保持古井无波的心境，便非得独自生活不可。我把自己的希望寄托在全然的孤独之上，于是到那凄凉的荒野中去。在那里，乱石密布，浅草丛生，小水塘的旁边点缀着零星的植株。离我的小屋不远处有一小片松林，此外再无一棵树木遮蔽望眼。我在金雀花丛中砍伐出一条小径，将小屋的门口与松林连接起来。鸟儿在树梢上歌颂着初升的太阳，也将我唤醒，开始每日的冥思。除了在一个方向上，树林是视线中的一块黑斑，其他尽是一览无余的原野，灰暗、辽阔、渺无人烟，直通向天与地的界际。我可以在这里凝望苍穹变幻，看无形的双手织出厚重的雷云，又慢慢将它们捧起，铺满整个天空；也可以坐在松树下面，享受蓝天下的静谧。

我的生活非常平静。我有一个女仆，她白天大多时候在两英里外的一个村子里度过，其余时候来我这里干活儿。我的娱乐方式非常单纯。附近的松树上，攀在我家小花园外墙上的常青藤中，都有小鸟筑巢；我用面包屑喂它们，它们很快就跟我混熟了，胆大些的会直接从我手上啄食，甚至站到我手上，对我唱歌表示感谢。我在那里住了一段时间后，开始有别的动物来拜访我，一只狐狸每天都来吃我为它准备的食物，还缠着我拍拍它的头。此外还有书籍多卷、竖琴一把，失意之时足可抚慰我心，教我不可忘却爱与同情。

爱！然而我有什么爱的对象呢？哦，其实并不少：星辉月华，清风细雨，广阔天地，造访我想象的一切可爱之物，尚存记忆里的一切英勇美德。我自幼便与大自然和书籍相伴了，尽管如此，如今的生活仍多有不同。那时我蹦跳着穿过田野，心灵仿佛御风而起，欣然同化于空气之中。那时我信步而行，曼声而歌，更有白日美梦作陪。那时我眼中的世间万物，无不令我感到一种圣洁的喜悦。我痛饮着生活的甘醴，步伐轻快，眼神因爱恋而鲜活澄澈，追寻着凡间的天堂。我的长发在风中飘扬，身心沉醉在快乐的共鸣之中。——可如今，我的脚步变得沉重，低垂的双眼常常满含泪水，再没有欢歌笑语，对周遭的事物也已无动于衷。如今的我孤独而自私，只专注于自己，专注于无边的悔恨和破碎的希望。

我过着空虚、无用的生活，大抵如此。别对我说什么，被风暴摧折的百合花还能再度昂头绽放——

我的心受过致命的创伤，仍在淌血，只有过这样的生活才能苟延残喘。常常在表面的平静之下，忧思绝望袭上心头，抖不散、压不过，反化为对生命的憎恨、对美丽的漠然。这种间歇发作的情绪几乎就要征服我，以强大的力量摧毁我。我从无一刻真正的平静，从无一刻不在祈求着死亡。我时时想要舍弃这惨然心境，哪怕换取一片空无。每个清晨与傍晚，我抬起泪眼望向天空，因恳切的心情有了些许力气，十指紧扣，一遍遍诵读华兹华斯的诗句：

> 但求此身陨，
> 勿使见来日！[①]

请不要因为虚度人生而斥责我吧。我只是觉得自杀会违背神圣的自然法则，同时又觉得忍受这难挨的分秒，肩负这可悲的时日乃是一件重任，可以充

---

① 此系威廉·华兹华斯《印度弃妇怨词》（"*The Complaint of a Forsaken Indian woman*"）一诗的头两句。该诗收录在华兹华斯与柯勒律治合著的《抒情歌谣集》（*Lyrical Ballads*）中。玛丽·雪莱的引文与原诗字句略有出入。——译者注

实我的余生。我认为避免犯下在清醒之时所认识到的罪恶，便可因德操获得回报。也有一些可怕的时刻，我会在绝望中怀疑这件重任的意义，以及所谓罪恶的本质，但我立即便战栗起来，强迫自己不再去思考。

A Walk by the River

Alfred Augustus Glendening Jr.(1861–1907)

Idyllic Landscape

John Frederick Kensett (1816–1872)

The Beeches

Asher Brown Durand (1796–1886)

Fields at Saint Cloud

Alfred Sisley (1839–1899)

Rest along the Stream. Edge of the Wood

Alfred Sisley (1839–1899)

Storm in the Mountains

Frederic Edwin Church (1826–1900)

Cliffs and Moon at Night

Karl Bryullov(1799–1852)

The depths of winter

James Valentine Jelley (1856–1950)

第九章

就这样，两年过去了。我一天天数着日子过，如今也数到了好几百。时间的流逝没有带来显著的变化，在这段缓缓坠向死亡的过程中，只有屈指可数的几个时刻触动过我的心灵。我开始了进一步的学习——开始通过书中的描写，来增加对于他人思想的理解；开始阅读史籍，主动走到那些古老的人物中间去，从而跳出小我的圈子。或许就这样，随着时间流逝，痛苦渐渐减弱，我也变得更加人性化。孤独开始不那么吸引着我，我再一次渴望得到理解——这并非对人群的向往，而是想要有一个爱我的朋友，一个就好。你也许会说，我将逐渐重返社会，但我并不这么认为。我所渴望的理解必须是纯净的，不受到外界环境的影响，否则便会受迫于世间俗物，再美好的情感也难免掺进杂质。请相信，我只比从前更难与人交流。

在我离家远遁之前，亲属们折磨着我——那种折磨更像是加诸肉体的病痛，并不能伤害我的精神，徒令我感到耻辱和厌烦。但现在，我开始渴望着被理解，渴望着心与心的交织，同时也做好了常常遭受失望与痛苦的准备，因为我就像含羞草一样敏感和柔弱。我不想要别人给我鼓励，不想听取智者的忠告，只要相互给予温暖的慰藉，只要令人舒心的微笑和细语。我愿有一颗心，能够无休止地倾听我的悲叹；愿有一片圣洁的心田，能让我这怨毒的种子结出美好的果实。可我哪里找得到呢？这等温情友爱只存在于两个同样天性友善的人之间，而且要么自幼一起长大，要么经历过同样的痛苦，要么志趣相投一见如故；它是上天的恩赐，悄然降临，不可妄求；它如轻柔的甘露，洒落到神祇钦点的贫瘠土地上，便将荒野化作绿洲。可你一旦动了贪求之念,它便飞走了,还尽情地嘲笑你——有时终须有,无时莫强求!

我深知这一点,也就不去无谓地追求。但就在这里,在我所居的孤寂原野之上,在我低矮的屋檐下,穿过荒芜的包围,它来了,就像融化冬日积雪的一缕阳光。——唉, 可惜这阳光照射在枯萎的果实上,不能令它重新焕发生机;我已残破不堪,竟连它温暖的活力都感觉不到了。父亲已逝,唯有关于他的记忆,是我生命中仅存的一线微光。我的心中或许还能泛起对他人的谢意, 但已不能像从前一样去爱、去希望。啊,此处只余痛苦!就连日常的消遣,对我来说也不是享受,而是忍受! 我仿佛被群山包围封锁,四周都是黑色的峭壁,终年不见阳光,无路可逃。于是,那段友情的确宽慰了我一时, 却无法让我重新振作起来。它来了,好似一场风雅的拜访;它走了,我却也不觉得失掉什么。生存的精义已在我心中死去,纵然天赐挚友,我也不会因他的到来而欢喜,因他的离去而悲伤了。

这位挚友的名字叫作伍德维尔。我只须略谈一谈他的经历，您便可自行判断——我的心竟冷酷到了这等地步，就连他那样温柔的同情心，那样有说服力的话语，都无法使它温暖起来。他也是多么的不幸呵！——若我不曾被悲惨的命运折磨，仿佛在蛇发女妖的凝视下变成了一尊冷硬的石像，我们本来是天造地设的一对儿，本来可以相互给予慰藉……

伍德维尔也经历过不幸，却不像我的经历那样撕心裂肺。他所遭遇的伤心事合乎自然之道，不会摧毁他的心灵，反倒会净化它；待到头顶的阴霾一扫而空，他只会比先前更加灿烂幸福。

伍德维尔是一位穷教士的儿子，接受过古典教育。他属于那种自从出生起，便得到命运眷顾的极少数幸运儿。命运女神慷慨地赐予他高超的智力、横溢的才华，在她的悉心保护之下，他身上没有一丝一毫的瑕疵，也不曾遭遇哪怕转瞬即逝的失意。他卓越的心灵被打造得一尘不染，洞明入微，并无半点差池败坏。他天资超常，如灿星起于东方，观者无不注目倾倒。他是一位诗人。——可惜“诗人”这个名号如今时常遭致贬损，无法体现他的优秀。他更像是一位古代诗人，缪斯为尚在襁褓中的他戴上桂冠，蜂儿也来他的唇间采撷花蜜。他行走在人群中，身周仿佛围着一圈神圣的光环，使他高举于庶众之上，与凡俗分隔开来。他俊美过人，眼中燃烧着烁目的火焰，语声宛转盈耳，令听众默然如醉。这一切让他如此与众不同，超卓不凡，堪使世间众生相形见绌。

他少年得意，无人不爱戴他；便是最刻薄的小人，对他也生不出半点儿嫉妒憎恨之心。他是上帝青睐相加的宠儿，由神祇的力量庇护着，阻隔了有害之物，只准爱意与敬意抵达他身旁。他的心灵如孩童般无瑕，不曾沾染傲慢与虚荣。可他并未意识到自己的优越之处，能够顺利融入社交圈子——他并非低估了自己的价值，而是忽略了他人的鄙劣。他似乎不知道，自私与邪恶在这世间拥有怎样巨大的力量——我刚认识他的时候，他虽说也有过痛失所爱的经历，却从未因人性的褊狭私欲而失望。他的出身不算太低，无从见识市井之徒的麻木冷酷；但也不算太高，因此对高第贵胄的忘恩负义、自私自利一无所知。这便是中产阶级的好处之一：既然不至于对钱财锱铢必较，也就不会深陷于人性的丑恶弱点之中。——要说人性弱点的来源，本是凡人妄将神之属性据为己有，结果反受其咎。那些僭行授受之辈，如亚当和普罗米修斯，都必因强行拔高了凡人的灵魂本质而遭受神罚。

伍德维尔不受上述种种荼毒，即使偶有恶祟经过他身旁，他也不加注意，照常行自己的路。他仿佛展翼的天使般足不沾地，我辈俗子常为险阻所困，他若遇到，却只轻身飞越而过。他相信天赋神授之说，对那些三流批评家不屑一顾——后者惯会吹毛求疵，妄图把所有人都拉到他们那个可悲的层次。他会说："我要做一个科学的比喻，你可以把它叫作'达尔文式比喻'——我以为，宣称一个天才也会犯错，就像宣称一颗恒星会偏移出它所在的位置。恒星就在那里静止不动，只不过因为我们距离它们太远，观测手段又不可靠，才觉得它们看起来像在动罢了。[①]—

① 在雪莱夫妇所处的时代，科学并未发达到今日的程度，因此不知道恒星也会围绕所在星系的中心运动。——译者注

颗恒星就是一个耀眼的中心，能教我们懂得谦逊——只要你肯好好地上这一课！”

我前面说过，他是一位诗人。二十三岁那年，他发表了处女诗作，立刻名动英伦，受到热捧与喜爱。他的写作路上文星长照，其盛名之远播，崛起之疾速，都堪称前无古人。公众对于他的其余佳作也是一片赞誉，无人提出半点异议。

便是在那个时候，正当他声誉显隆之际，他结识了埃莉诺。她年轻美貌，拥有大笔遗产的继承权，在监护人的照顾下生活。他与她刚刚走到一起，人们便觉得他们是天造地设的一对。埃莉诺芳华正茂，虽不像伍德维尔那样天资卓绝，却也人格高尚、雅量宽宏，言行举止无不符合贞德节操。她的仪态落落大方，而又惹人爱怜；感性与智性熔炼在一起，化为她幽蓝双眸里泛起的波光。

二人一见钟情，可见他们确是天造地设的佳偶。伍德维尔是初次品尝爱情的喜悦；埃莉诺因为自己俘获了如此出类拔萃的一位英才，更是狂喜不已。这样的一对璧人啊，他们之间除了纯粹的快乐，哪有半分别的杂质呢？

因为伍德维尔是诗人，每个社交圈子都争相邀请他；每当他一出现，便会吸引无数目光。但他毕竟出身贫寒，埃莉诺却是富家闺秀。伍德维尔德才双全，足以弥补财富的缺失，因此埃莉诺的监护人并不介意他们交往。只是有一点：她父亲临死前的遗嘱禁止她在成年之前结婚，否则便要剥夺她的继承权。她才二十岁，于是他俩只好耐着性子等待。[①]尽管如此，二人总是形影不离，洋溢着天堂般的欢乐。他们眼波流连，情话缠绵，一同学习，一同制定未来的计划，抱怨着大婚之前的迁延，又痛饮着彼此的欢欣情意。伍德维尔的光彩与日俱增，埃莉诺也在优秀爱人的耳濡目染之下，成长得越发聪颖可爱。

再过两个月，埃莉诺就满二十一岁了，他们已经

① 当时英国的法定成年年龄为二十一岁。——译者注

做好了完婚的一切准备。这等良辰佳期,偏生天降祸患——我怎能忍心把它讲出口呢?须知灾厄失意本是世间常理,那样一对天使般的人物,注定无法幸存完满:月圆花好缠绵意,行遍天涯终难觅。万物运行之间自有规律,不幸乃是天定的枷锁,我等可悲的凡人一旦修成了正果,便不免想要颠覆这种规律,斩断那条枷锁——但恶毒的命运女神必不允许她的永恒法则遭到破坏。可是,我抱怨这个做什么呢?不幸已经是我的一部分,也唯有悲惨的事物才能接近我——如果伍德维尔没有遭受不幸,我根本就不可能认识他吧。这些年,我一直把眼泪来浇灌自己,靠悲愁的甘露滋养着。我这样一个人,听了哀恸与死亡的故事,有什么理由不讲述出来呢?

此时,伍德维尔有事去了乡间一趟,且杂务缠身,多日无法返回爱侣身边。他收到她的一封信,上面说她偶染微恙,望他兼程急返,如此自己则可不药而愈。他又被事务耽搁了三天,然后匆匆朝她身边赶去。这期间他没再收到她的来信,直担心她病情恶化,焦躁得只望立时见她站在自己面前,恢复了健康与美丽。可不知为何，他心里涌起不祥的警兆，仿佛一个阴恻恻的声音在他耳边说："你再不会见到她曾经的样子！"

他赶到她的住处时，里面一片静寂。他忙穿过几个房间，看到一间屋里有个女仆正在哀泣。恐惧令他一阵眩晕，好容易才开口问道："她死了吗？"

"还没有。"这答话颇是骇人，但也稍让他宽慰几分，因为至少她还活着，希望还在。他想起她信里的话，脑子里禁不住一片狂乱，想要怀着温情对她一阵狂吻，将新的生机注入她体内。只要有他在，她便不会死——他就是她的守护神！

他奔入她的病室，只见她脸颊烧得通红，双目紧闭，仿佛全无知觉。他忙将她拥入怀中，朝她滚烫的唇上印下气息急促的热吻。他呼唤着她，语气中的痛苦唯因她那亲爱的名字而稍减半分：

"醒醒呀，埃莉诺！我在这里了，你的爱人在这里了，活过来罢！最亲爱的人哟，你不是答应我，让我将健康带还给你吗？快些振作起来吧，我在你身边了，你不会死的。——死是什么？是说我再也见不到你了吗？要与我生命的一部分永别吗？失去她，失去记忆，也失去未来吗？埃莉诺会死?！这是怎样的疯狂，希望已经幻灭！不，我在你身边了，你不准死。”

于是他又吻了一遍她的眼与唇，痛苦地抱着她一动不动的娇躯，凝视着她不复如初，却依然可爱的面容。他望着她每一次微不可察的颤动，面色的每一点儿变化，知道将逝的生机还萦留在这副躯壳上。有那么一小会儿，她似乎恢复了些许神智，听出了他的声音，嘴角上便浮起最后一丝可爱的笑容。他陪着她，守望着她，又过了十二个小时。然后她死了。

第十章

长久的希望却孕育出悲惨的结局——在那之后六个月，我第一次与他相遇。他远遁到陌生的乡郊一隅，好不受打扰地纵情悲伤。挚爱的埃莉诺已逝，他的整个世界都随之倾覆。凡是曾见她到过的地方，他都不忍流连——那些地方曾有过她的倩影，被最为热烈的希望映照得那么明亮，如今却化为比午夜还要深沉的黑暗，只因他生命中的太阳已经陨落。

有一段时间，他畏避光明，想要让黑暗永远蒙住自己的双眼，以免睹物思故；但随着时间稍微缓解了悲痛,他便如赤子般回归到自然母亲的怀抱中,借山水美景来抚慰自己。他来到全然陌生的乡野,在纯粹的孤独中与自己的灵魂对话,将一片愁心寄予天际之微风,水木之清响。他开始喜欢骑马,因为这项运动可以分散注意力,令他打起精神;当他驱马疾驰之时,便可暂时抛开那挥之不去的阴霾,不去想躺在病床上死去的埃莉诺,不去想她那渐渐断绝的生机,消逝不再的柔美。这几个月以来,伍德维尔徒劳地想要摆脱可怕的回忆,回忆却牢牢攀附在他的方寸之间,终于令他不堪重负。仿佛唯有策马奔腾才能挣断锁住他的魔咒——在飞驰的马背上,他的脑海中会浮现出她容光焕发的样子,他仿佛会听见她的声音,眼前一亮,幻化出挚爱的她身着猎装,在林间与自己并驾齐驱的景象。我有几次看见他骑马穿过原野,还恼火他惊扰了我的安宁。长期以来,我习惯了只跟农夫相会,突然遇到上流社会的人,颇感到浑身不自在。除此之外,我也担心被圈子里的旧识认出来,装死的事情被揭穿,然后被带回到比原先更可怕的生活中——而那正是我挥之不去的噩梦。

有一天,我正坐在松林边上,伍德维尔骑马从我身边经过。我一见他，马上起身避入林间，不想被人看见。结果我突然站起这一下子却让他的马受了惊，把他从背上颠了下来。马儿一溜烟往原野深处跑去，骑手却栽倒在地上动弹不得。他没什么大碍，我给浇了点凉水就好了。我震惊于他超越常人的俊美；当他对我说谢谢时，那动听却忧郁的声音使我眼中盈满了泪水。

我们当天只简短交谈了几句，第二天他又来我的小屋前待了一会儿，我们就这样渐渐熟悉起来。他很惊讶会遇到这样一位少女——我还不到二十岁，言谈举止优雅得体，显然出身上流社会，却一个人生活在荒野中，额上深刻着悲愁的印记，言语动作常显得漫不经心，似乎心里在想着别的事情，陷在极度的悲苦中不能自拔。同时，我怪里怪气、修女一般的衣着也向他表明，我并非被迫在此，而是自愿选择了隐遁，沉湎于悲伤。

他很快对我产生了极大的兴趣，有时竟忘了他自己的伤心事，倒来坐在我旁边，试着哄我开心。而我呢——虽然我已将整个世界拒之门外，泯灭了希望，独自活在过去——我也无法不对他产生兴趣。他的一切具有令人无法抗拒的魅力——外形英俊潇洒，言谈充满了想象力与感知力，出口成诗，仿佛连空气都在无声地聆听。他比我的父亲要年轻得多，不那么颓废，性情更加平和，因此我看到他并不会联想起父亲。他虽乍遭横祸，所受的影响却较为温和，不至于令痛苦转化为行动，也就掩盖住了可能让我觉得过于暴烈的情感。和他在一起时，我很少讲话，平素耽于自艾的内心却不由得被他迅捷的思维所吸引；我间或抬起头，眼中闪过一丝光亮——直到不死不眠的记忆再度袭来，泪水又模糊了双眼。

伍德维尔一直试图引导我，叫我多想一想世间美好快乐的事物。他心中保持着正面的信念，他的话语几乎能使绝望的人也受到鼓舞。他会谈论人所拥有的伟大力量，人类的现状与希望，历史与未来。即使当理性无法再引导他之时，他的想象力又会迸现出灵光，照亮笼罩在往者与来者之上的迷雾。他喜欢畅想人类诞生之前的地球是什么样子，思考人类是如何兴起，又是如何逐渐成长为现在这个古怪、复杂，却又——用他的话来说——无比辉煌的物种，将他们的造物布满了地球，又用心灵的力量，在他们的著述中造出了超然于有形世界的理想国。他说，那样的国度远远优于现实世界，在那里，善与恶更容易得到区分；善者受其欲得之赏，恶者获其应有之罚——这种惩罚并非仁者所厌恶的酷刑，而具有无可言喻之玄妙，能褫夺其恶质而不加害其身：若能将邪蛇口中的毒牙拔除，又何必非要置之于死地呢？[①]

他的言语和思想都是那样的富于诗意，我无法一一转述，只是不由自主地沉陷其中。听着他才华横溢的词句，望着他光彩熠熠的双眼，我的心中生出一种忧郁的快乐，忽而觉得与他产生了共鸣，忽而却从幻梦中惊醒，知道这一切终究是空无，是梦境和虚影，算不得数，成不了真。父亲已经永远离我而去，关于他的记忆化作永恒的壁障，将我与一切同类隔开。是的，我没有同类。伍德维尔，他悲悼着去世的未婚妻，旁人也各自不幸，各自垂泪；可唯有我的不幸同耻辱与罪愆交织在一起，悖伦可鄙的激情往我耳中灌入毒液，污染了我的血脉，使我的鲜血不再是蕴含

---

① 这一段对伍德维尔的描写，蕴含着作者对丈夫雪莱思想的理解，或可看成雪莱《仙后麦布》《被解放的普罗米修斯》等诗作主题的简化概括。——译者注

生机的溪流，而成了喷涌着冰寒苦痛的泉眼。也许是过度疯狂的后遗症，我希望自己永远独处，抛弃一切人的特质，与他人老死不相往来。我希望自然在我身上烫下“不可接触”的烙印。

有时伍德维尔会跟我谈谈他自己。他简述了自己过往的悲欢，把讲述重心放在他与埃莉诺的相恋欢情上。他说：“她是世上有史以来最亮丽的风景，在她率真的面容、优雅的言行之间仿佛有某种令我无法抵挡的圣力，如同降临凡间的天使与我相爱，从没有哪个凡人品尝过如此的甜蜜。哀愁见了她会远远躲开；她的微笑仿佛一束圣光，能够驱走心中的黑暗。这温柔的笑容不似尘世俗物，而像是阳光穿过云层投注在湖面上，那明暗变幻的光影抓不住，求不得，却早已刻印在心间。我竟亲眼看着这笑容黯淡逝去——唉，我多么不愿意相信，死去的人真是埃莉诺！只是当我对她说话时，我见她紧闭的双眼一动不动，嘴角却绽放出一丝笑容，比阳光更灿烂，比鸟羽更轻快，仿佛一道微弱温淡，却又无比炫目、将黑夜照成白昼的闪电。这笑容消逝了，我所有的快乐也随之终结。”

她那脱胎于自然，却比自然更加美丽的形象烙在他心中，徒留给他悲伤。这些始终是我们谈话的主题，至于我自己的悲伤，我却小心翼翼地避而不谈。只要他偶尔表现出好奇，我便垂下双眼，一言不发。他见我痛苦的样子，也就马上打消了探究的念头。不过他在交谈时一直意存抚慰，试着以深切的同情与共鸣来温暖我绝望的心灵。

他对我说："我俩都是不幸的人。我对你说了我悲惨的遭遇，你也与我一起洒过泪，痛惜过残忍地离我而去的可爱人儿，却对我隐瞒了你的过往——我不是非要你吐露隐私，但若我的安慰起不到作用，还请你告诉我。在这样一片荒原上见到你这样孤独的人儿，于我岂不是一场疯狂的冒险？你韶华正盛、楚楚动人，举止优雅而富有魅力；可在你根深蒂固的忧郁中间，在你会说话的眼睛里，仿佛有某种我不了解的东西，把你和他人隔离开来。啊，你在颤抖——请你原谅，可我这次忍不住要说出来：我对你的命运抱有强烈的兴趣。

"你从来也不笑。你的声音总是很低沉，说话的样子好像在害怕自己的声音。你的脸上挂着浓到化不开的哀愁。我失去了世上最好的佳偶——她与其说是和我们一样的凡胎，倒不如说是因巧合而下凡的仙灵——但我还是会笑；在我说话的时候，有时甚至会忘掉自己经历的巨创。然而你的哀容却是凝固不变的。你的心在跳动，鼻子在呼吸，整个人看上去却像是阴间的幽灵。你的生命之火仿佛已经熄灭，以至于有时候——原谅我冒渎的念头——当你碰到我的手，我甚至会惊讶你的手还是温暖的。

“每当我望向你，你流出的眼泪，淡漠的表情，都仿佛在抗拒我的探询。但当我讲述自己相形见绌的悲痛往事时，你的声音里却又流露出深切的共鸣，这更增加了我对你的好奇。你将自己从人群中放逐，自我遗弃在这片荒野，然后孤苦无依地站在这里，无助地凋零——你一定遭遇过某种可怖的事情。请不要把头转开吧，我并不是想要刺探你的隐私，只是想要你听我说话，想要你熟悉带着温暖善意的声音。如果怜惜、关爱和温情有可能帮助你摆脱绝望，请让我试一试吧。我怎能眼睁睁看着你痛苦的样子，而不去尝试让你重获快乐？我想要解开你眉间的结，治好你心头的伤。请允许一位朋友，一位真挚热忱的朋友，允许我这样一位朋友，来给你安慰，暂时缓解你心头的痛苦。

“请别误认为我是要闯入你私密的内心：只请你耐心听我说完。不要总是面带戚容，却一言不发吧。只要你说出一个伤心的字眼，我就会柔声劝慰，让你沐浴在温馨的关怀之中。千万不要斩断你我之间的联结——你不需要告诉我悲伤的原因，只要对我说四个字：‘我不快乐’，你就会如释重负，打破一直封住你的魔咒，重新与别人建立心灵沟通。请你相信我这番诚挚的心声，把我当作一位值得信赖的老友吧。答应我，不要忘记我，不要无端厌弃我；请相信我会用尽一切办法让你快乐：试着爱我吧。给我朋友的名分，我将尽朋友的义务：只要你将哀思形诸话语，我就会在你身边出言安慰，为你解忧。”

他当时的语气和动作都充满了热情，像甘霖一般注入我久旱的心田，我如今苍白的转述并不能悉尽传达。尽管我仍就自己痛苦的因由守口如瓶，但至少听了他的话，开始向他一吐为快，用苦涩火焰化作的词句来包裹自己的伤痛。我从悲伤绝望中聚起全部力量，告诉他我是如何在一瞬间从天堂跌落地狱，从此再无欢笑与希望，就连骷髅状的死神在我眼中也恍如爱神一般美丽：苦涩至极的死亡也将化作封印伤痛的福祉。不知为何，我对人倾诉了这些话，立即觉得说不出的快乐；虽然我对一切安慰都嗤之以鼻，却也不由得从中感受到了温情好意。我静静地听他安慰我，等他停顿下来，我又继续倾倒苦水，诉说我的伤口过深，无望痊愈。

但就在这时，我开始尝到与世隔绝的苦果了。我已不再适合进行任何交流，即使面对伍德维尔这样的谦谦君子也是一样。我变得吹毛求疵，不可理喻，脾气异常暴躁。我把他叫作朋友，却拿嫉妒的眼神打量他的一举一动，只要他没在约定好的时间来看我，我就会勃然大怒。我对他说，就算他真的关心我，这份关心也是冷冰冰的，不适合我这样一个极度不幸的可怜虫，我所需要的慰藉，也远不是他那世俗的心灵所能给予的。一旦我凭空认为他的态度稍有冷淡，我就会狂躁地对他说："我的心情本来很平静了，谁叫你来撩拨我？你给了我新的希望，现在却不把我当回事，好像我的心和你一样完整似的，好像我不是一只被剪光了毛，遗弃在荒凉的山坡上，有点风吹草动就担惊受怕的羔羊！我本来不想要朋友，不想要同情，刻意躲着你——这你明明是知道的。可你硬挤到我身边，给了我那些希望，然后成功地把我掌握在手心里。噢，勇猛而刺骨的北风啊！来把我因你而流的眼泪冻成冰吧！我决不忍受你这样——你走吧，太阳会照样东升西落，我会照样坐在松林里面，徘徊在原野中间，独自悲泣，不要你来听！你太残忍了，竟然这样粗暴地对待我，让我的每个毛孔都流出鲜血。”

我对他讲了这些暴躁的话后，他的面容扭曲了，上面布满了对我深切的同情。只见他——

把眼睛朝我转过来，脸上的表情
就像母亲望着她欣喜若狂的孩子。[①]

我哭了，对他喊道：“唉，原谅我！你是好人，可是我已经不适合活着了。我有什么必要活下去呢？每天

① 引自《神曲·天堂篇》第1诗节101–102行意大利原文。原作此处描写贝雅特丽齐用慈母般的眼神看着但丁。——译者注

打发着时间，看着树木焦躁地挥舞枝干，风吹在我身上，一切事物都叫我痛苦不堪。我的身体仍然健康，灵魂却沉陷在长久的苦难底下。啊，我只求一死，却望不到漫漫长路的尽头！我富有同情心的朋友啊，请你告诉我，怎样才能安安静静、简简单单地死去吧，这样我就会感谢你。可怜如我，无痛的死亡就是唯一的向往。”

不过伍德维尔的话语自有其魔力。他先是充满同情地安慰，然后帮助我渐渐跳出自怨自艾的循环，最后令我惊讶地意识到我有多么自私。然而，只要他离开我，绝望就会卷土重来；他不得不一遍遍从头安抚我。我常常希望他永不再来，因为我发现长时间的离群索居之后，自己的性情已经变得反常：虽然渐渐习惯了悲伤，能够耐心地饮下每日的苦酒，却不愿心中新起一丝波澜。期待、希望与温情全都让我经受不起。我明知自己的问题，有时却不讲道理，把一切都怪罪在无辜的他头上。我蛮横地想，都怪他温柔的灵魂还不够温柔，强烈的同情心还不够强烈，才无法赶走我心中的魔鬼，让我重新变得像一个人。我把自己想象成一出悲剧的主角，而他是看戏的人，不时给一点儿舞台提示，好让我把台词讲得更合他的心意。也许他是打算把我当成素材，来写一首诗？对他来说，我就是一场戏，一场闹剧；可对我来说，这一切都是可怕的现实！他享尽好处，我却不堪重负。

第十一章

常常有这种奇怪的情况发生:本来是好事,却导致了不幸的后果。我这样一个孤独的人,唯一渴望的宽慰就是他人的同情,如今却因这同情备受折磨。当我父亲还活着的时候,我感情丰富,又善于忍耐;可快乐的日子一去不返,我也被岁月改换了模样。我变得傲慢易怒,尤为多疑。我讲述的兴趣已经消散,也该快些讲这出悲剧的终局了。但我会再讲一件事,讲讲我的多疑和绝望,以及伍德维尔是如何用他天使般的善意,感化了我冷硬的心肠,带我回归平静。

一天下午,他答应过来陪我一会儿,一场大雨却突然下个不停,使他未能如约而至。整个晚上我都孤零零一个人。整整两年来,我不曾对孤独的生活有过怨言,此时却感到痛苦难当。我心里想着,我若是他心之所向,来此无须事先约定,更可风雨无阻;如今有约而不至,可见他并非真正关心我。他明明知道,晦暗的天色和凄苦的风雨会让我几近癫狂:这样的天气下无法外出,他又害得我孤身困居陋室,只与哀戚的思绪为伴,这就越发难挨了。

如果他真是我的朋友,就早该料想到我的窘况。现在轮到我好好反思了,这份被夸大的友谊究竟有何意义?他终日沉浸在失去埃莉诺的痛苦之中,又觉得乡村生活索然无味,因此乐于找点消遣,哪怕是从我这样一个人身上来寻找。当他实在百无聊赖之际,便跑到我这里来打发时间,然后把这种关系称之为友谊……的确,他的陪伴对我来说是一种安慰,他也惯会讲些甜言蜜语,心情好的时候还会给我灌输一些思想,把我从绝望中拉出来。他的话确实像蜂蜜一样甜,然而酿蜜的蜂儿也长着毒刺,恶意造成的创伤更远比蜂蜇惨烈!我要试试他的真心。他坦言自己对生活已不抱有任何希望,我也正是如此,所以我们两个都很适合就此死去。让我试一试好了,他肯不肯陪我一起去死?我害怕独自死去,他能陪我再好不过;同时对于万念俱灰的我来说,这是他能够证明友谊的唯一方式。

我知道这很疯狂, 但是我绞尽脑汁想出这么个主意,就再也舍弃不掉。他肯陪我死最好,世上就少了两个可怜人;但如果他不愿意,我会对他所谓的友谊嗤之以鼻,并当着他的面服毒自尽,来嘲笑他的懦弱。我殚精竭虑地执行我的计划, 设法买来了鸦片酊,将它倒进桌上的两个玻璃杯里,然后把鲜花摆满整间屋子,精心装饰我人生悲剧的最后一幕。随着他到来时间的迫近,我的心开始软化,眼里流下泪来。这不是说我放弃了自己的计划, 只是即使定下了决心,在畅饮死亡之前,心灵总免不了遭受几场风暴。

现在一切就绪,伍德维尔也来了。我站在小屋门口迎接他,神色庄严地带他走进屋里。我说:

“我的朋友,我想去死。我对这时刻忍受的痛苦已经厌倦不堪,想要结束这一切了。如果可能的话,哪个奴隶不愿摆脱自己身上的枷锁呢? 你看,我在流眼泪;两年多以来,我一时也忘却不了心中的悲痛,常常想要结束生命,可又懦弱不敢动手。对我这样年轻，又曾经如此幸福过的一个人来说，要亲手扼杀自己的全部知觉，独自走向阴郁的坟墓，确实太难了。我不敢这样做。

“我必须去死，然而恐惧令我瑟瑟发抖；我踌躇，战栗，几个月以来经受着无尽的悲哀。但是现在时机已至，当我别离尘世之际，有一位朋友不会拒绝陪我走上这段黑暗的旅途。我恳请你同我一起步入死亡，这是我唯一的请求。这样，我们就能找到埃莉诺，还有我所失去的那个人。看，我已经准备好了，毒酒就在这里。让我们共同举杯，心甘情愿、快快乐乐地告别这日复一日的可憎生活吧。

“你把头转开了；但是伍德维尔，别急着拒绝我。想想看，摆脱苦涩泪水的重负，那将是何等的幸福啊：穿过死荫的幽谷，我们必将找到光明。这杯酒能带我们进入甜美的梦乡，而等我们醒来，一切悲伤和恐惧都将不复存在，只余欢乐。

“只需一点儿耐心，一切都会过去……没错，只要一丁点儿耐心。你看，这就是我们牢房的钥匙，它就掌握在我们的手中。难道我们要把它丢掉，甘心忍受奴役吗？难道我们连奴隶都不如？趁现在，只要鼓起勇气,我们就解脱了。你看,我的脸颊烧得通红,那是因为我对死亡满怀憧憬。我们所爱的都已归入尘土——来吧,把手给我,让我看到你开心赞同的样子,然后我们就一起把他们找回来。那将是一段平静的旅程;我们所归之处便是福音,醒来便化身天使。伍德维尔!你为何迁延不决?你是懦夫吗?

“哦,呸!收起这副凡胎俗子的空洞愁容吧!噢,要是我能用语言描绘出死亡的华美,或许就能打动你了。我告诉你,我们将丢弃这具可悲的凡躯,然后同归不朽,位列仙班,化身自由快乐的灵魂。当所爱之人就站在繁花似锦的彼岸,朝荒芜惨淡的此岸招手,什么样的傻瓜会仅仅因为阴风浊浪就裹足不前?

弱身惧苦海,羁旅本难行。
堪忍一时痛,幽坟永安宁。①

① 节引自斯宾塞《仙后》第一卷第九章第四十诗节。直译为:“怎能因旅程中的些小苦痛,便令这弱身惧怕那苦涩海水?既能换来长久的安宁,使魂灵眠于幽静的坟墓,一时的痛苦岂不值得忍受?”后文为:“苦役之后的睡眠,从风暴之海归来的港口,终结战争的和平,生命之后的死亡,俱都让人无比欢喜。”——译者注

“你听明白我的话了吗？我懂得了绝望的意义：我的心中充满绝望，因为我就是绝望本身。我是一个古怪的存在，是《仙后》中那个欢欣鼓舞、得意扬扬的狄思帕——大写的绝望。但是书里的话说得不对，海浪也许晦暗，但它并不苦涩。让我们躺下来吧，温柔地道一声晚安，闭上双眼——等醒来时，我们已经自由了。快来，不要犹豫了，你这慢吞吞的人！看看这杯让人快乐的药水！瞧，我可不是前来恭迎你的奴婢，而是一位善良的圣灵，用胜利的语气（噢，这语气将会说服你！）对你说：来喝上这一杯！”

我一边讲话，一边注视着他的脸。他精致的面孔上浮现出柔和却又凝重的表情，神色中写满了惊讶与拒斥，但眼眸间依然流淌着神圣的怜悯之光。在他开口说话之前，他的这种神情已经让我高度紧张的情绪有了变化，移除了我心里一切深重的绝望，只剩下淡淡的哀伤。他用手掌包覆住我的双手，我看见他的眼眶湿润了。他在我身旁坐下，说道：

“我最亲爱的朋友，这样的举动实在让我难过。你的悲伤一定过于深沉，致使满脑子都是这样悲观的想法。你渴望死亡，但又害怕它，所以希望我来给你做伴。但我比你还要胆小，就算有人相伴也不敢结束生命。你的绝望拥有压倒一切的力量，能让黑死病变得充满诱惑，美好的天堂却显得黯淡无光——尽管如此，但还是请你听我说几句，然后再考虑要不要说服我加入你的计划。

“我恳求你听听下面这席话，它出自一个心中长满绝望，迫切追寻着死亡的人之口。但他最终还是把内心的幽灵连根铲除，将痛苦碾作齑粉。来吧，既然你是狄思帕，那我就来扮演乌娜[1]，为你黑暗的洞穴带来震撼。这席话里毫无自私的情绪，你且仔细听一听，让自己受到感化。

“我们不知道这广阔的世界意味着什么，善与恶错综交集，让人难以捉摸。但我们既然被安排来到世间，便要争取生命和希望。我们该把希望寄托在何处呢？我不知道；但我们必须追求超越于我们之上的美好事物，这便是我们在世上的目标。当不幸降临，我们必须与之斗争，对其置若罔闻，然后继续前进，追

---

① 乌娜（Una）和狄思帕（Despair）都是斯宾塞《仙后》中的人物。——译者注

寻我们与生俱来的渴望。这种对于未来美好的追求，也许为了升华成更高层次存在而进行的准备工作——我对此并不确定。也有可能，这不过是我们作为上帝果园里的园丁而辛勤劳作，为我们的子孙铺设一条康庄大道。

“倘若真是如此；倘若今日的德行与辛劳是为了让后世之人在这个美丽的世界上更加幸福；倘若无私奉献者的耕耘是为了洞明世间万物的真理，是为了让世代残喘于生活重压之下，如你一般悲泣的人获得自由——这样的未来看似遥不可及，但终有一天会实现。只要他们能够消灭任一种今日无可避免之恶，我必不离不弃，全心全力支持这项事业。我早就发过誓言，要谨守德操，穷尽一生为他人谋求福利；我将竭尽全力驱逐邪恶，就算有邪魔袒护世间积弊，对我施加诅咒，我也将甘受奋斗中的苦难。只要胜利的希望依然存在——它必将存在，我便将满怀欣喜地投身于我的事业。

“我有的是力量，我的同胞们对此也深信不疑。你以为我只是在泡影中播下种子，最终却会徒劳无获吗？相信我吧，我将不会虚掷年华，奋斗至胸中的希望被撕碎的最后一刻，因为我的付出会变成金链上的一个环节；我们所有人都应当奋力拽住这条金链，把幸福从她云端上的王座拉回到我们身边。假如苏格拉底、莎士比亚，又或是卢梭深陷绝望之中，然后在我这般年纪的时候就英年早逝，你难道不觉得对于我们和整个世界而言，一切美好的情感与幸福将会遭受难以计量的损失吗？我当然比不上他们三位，不像他们那样影响着无数人，但只要我能影响一百个、十个，或哪怕一个人，引领一个人从不幸中走出来，我所遭受的一切苦难也便值得了。希望将支撑着我，克服百万倍的苦难；快乐将是我的回报。

“所有不愿意为了子孙后代而奋斗，或是仅仅像我这样微不足道地付出的人，终将会湮没在时间的长河里。然而，相信我，这样的人也依然肩负着自己的职责。你悲伤，是因为你不快乐；你渴求着幸福，却又对此不抱希望。但是，只要你能将幸福带给别人，只要你能给他人带来哪怕一个小时的欢愉，难道你不该为此好好地活下去吗？而这件事是每个人都能做到的。世上的生灵蒙受着深重的苦难。无论喧嚣的城市，农家的田野，还是荒芜的山间，苦难的种子都被肆意播撒。但或许我们能够薅除一些，或哪怕一株有害的杂草，在原地重新播撒一粒良种，栽植一株鲜花——这就足以让我们抛弃自杀的念头了。只要有一丝希望，我们能在未来的某一天做成这件事，就不该抛弃自己的重任。

“说实话，我害怕死亡。母亲尚在，我是她的寄托和希望。我有位朋友将我视作他自己的生命般重要，我的不辞而别会像是戳在他胸口上的一根毒刺。所以我不会自杀。我的朋友，你也不该如此。我恳求你，打起精神来，别再哭泣。你如此年轻、美丽、善良，有什么可绝望的呢？如果你只为了自己的解脱，为什么不考虑下别人？就算你永远无法收获幸福，难道不能将幸福赠与别人？哦！请相信我，如果你看到一个人惨白的双唇间洋溢着快乐和感激，并且知道这微笑全都是因为你，是由你所行的善事而产生的，你便会感受到纯粹的温暖与幸福，只想永远活在世上，一遍又一遍地享受这种快乐。

“来吧，我看到你已经抛弃了悲伤的思绪，不再疯狂地深陷其中。照照镜子吧——我刚来时看到你的眉毛紧皱，两眼凹陷，嘴唇颤抖；我握住你的手时，发现它们哆嗦得厉害。但现在，你全身都已安静和放松。你仍然很难过，脸上写满了忧愁，但这忧愁也是柔和而甜美的。让我丢了这杯可憎的酒吧——你笑了！哦，请向我表示祝贺：希望战胜了绝望，我做成了一件好事！”

我现在转述他说的话，听起来也许虚无缥缈；但在当时，这些话语却如同火焰一般，为我点燃了温暖的希望（让我这样一个可怜虫，重燃希望！），让我的每根血管都发出快乐的震颤。他又让希望的火花烧得更加猛烈，并用天使般的手掌抚慰我，唤回久违的欢愉，然后才短暂地向我告别。而即使他走后，我的内心也依然平静。我用深情的目光问候繁星满天的夜空、露水点染的大地，安心地道了一声晚安，然后进入了甜美的梦乡。这是我好几个月以来，第一次感到如此快乐。

然而，这安抚也只是暂时生效罢了，惯常的怨艾又卷土重来。我注定要用一生去哀悼父亲的逝世，以及他可怕的死因；而我胡思乱想，在单纯的悲伤之上平添了十倍的痛苦。我觉得自己被一种有违伦常的爱情玷污了,而这爱情又是由我所激发的。我觉得自己是受到诅咒的生物,已经遭到大自然的唾弃。我眼中的自己是另一个该隐,前额上打着耻辱的印记,向众人昭告我与他们的区别。伍德维尔曾说我脸上有种异样的神情,使我看上去仿佛属于另外一个世界——如此说来,他想必是看到了那块印记。那道阴郁的印记在向全世界宣告,我灵魂深处的晦暗永远无法得到安抚。

为什么我要遭受命运的拨弄,变成剥离了人类情感的怪物,不许任何人来理会和疼爱?为什么在那最可憎厌的一刻,死亡降临之时,命运女神没有用浓雾将我包裹,用真实的黑暗把我和人们隔开,让我从此在他们眼中消失?这样,当我像满载疫病的乌云一般经过时,他们就只能通过我散布的寒风感受到我的存在,知道有恶灵来到了身边。

这样,我就会独自生活在这片荒野之上,而没有人会被我渎神的目光所祸害。唉!我深信,如果即将降临的死亡也无法减轻我的痛苦;如果再过几个月我还像之前一样,虽然身体健康,但魂灵深处早已腐烂；如果日复一日，我都要活在这可怕的阴霾里——那么我一定会精神错乱，把自己想象成一具行尸走肉。那样的形态，那样的嗓音，那整个可悲的样子让我想想就害怕。这岂不是无可名状之罪孽的根源吗？

这是一种迷信。当我刚意识到父亲圣洁的名字已经成为我的诅咒时，我并没有过于感到惊骇；但是孤独的生活总让我产生不着边际的想法。然后，当我遇到伍德维尔，看到他日复一日地努力赢得我的信赖时，我并不敢对他倾吐我黑暗的往事。毁灭性的恐惧在我心中日益深重，我相信自己是一个被打上印记的生物，一介贱民，只有死亡才是我的归宿。

第十二章

这些念头一直缠绕着我。你应该也想象得到,伍德维尔的话对我只有短暂的影响。虽然我不再指责他心肠冷硬,但我的心情很快冷落一如从前。这件事过后不久,我们便分开了。他得知母亲染恙,匆匆赶去探望,行前来跟我道别,我们在原野上散了最后一次步。他向我保证还会回来看我,又叮嘱我要乐观,多想些快活的事, 让时间的流逝和骨子里的坚韧来战胜悲伤,最后重新融入社会。

“在我所有的忠告里面,”他说,“请特别重视和听从这一句:不要绝望。绝望是至为险恶的深渊,而你正行走在它的边缘。请务必放缓步子，让希望来做你的向导。只要有希望,你的创伤便已平复了一半;可若你固执地选择绝望,便再也无法得到安慰。相信我吧,最亲爱的朋友:在这阳光之下,大地之上的美景中自有一种快乐，你有朝一日必可感受得到。爱之福祉必再洗涤你的心胸,解除你身上悲愁的魔咒——你终将惊讶,自己竟在长夜的重压之下对那种快乐视而不见。我不敢奢望已激发起你足够的兴趣,让你在想起我时,因持续不变的友情而缓解心中的忧烦，消却泪水中的苦涩——但如果我的友谊能让你对人生少些厌恶，那么请不要让无端的怀疑伤害到它。爱是一位纤美的精灵，容易被粗暴的嫉妒所伤。请你坚定地信赖我的真诚,将这份信赖存放在内心深处,不让轻浮的风吹皱了它。痛苦使你的性情不再沉稳，我也唯恐你的心绪因琐事产生动摇。但只要你更加信赖我的友爱与同情之心,不受情绪波动的影响,你便会安然无恙。”

以上便是伍德维尔与我临别时的部分箴言。我流着泪听他讲完,坚持要送他穿过荒野,朝他在城里的居所前行。我与他依依惜别,然后目送他远去,直到世上最后一位懂得安慰我的人消失在视野中。这时太阳还未落山，我转过身，朝我的小屋走去。

不觉已到九月末，夜里已经颇有些寒冷，好在此时并无风雨袭来。我走在归路上，脑子里涌出不祥的妄念。我想着伍德维尔，心中满是温情与感激，但不知为何，却并不对他的离去感到如何惋惜。也许是当年横遭巨变之后，其他的变化于我皆已微不足道。我走在路上，心里想着不知何时，我们四个才能重会在美好的天堂——我也与至爱的父亲重逢？我在心中描画出一条美丽的河流，就像但丁笔下，玛希尔达曾在河岸旁采摘鲜花的那条河，河水——

是如此的晦暗，晦暗，
只因那树荫永远遮蔽着它，
阻挡了太阳与月亮的光华。[①]

---

① 引自但丁《神曲·炼狱篇》，第 28 诗节，31–33 行意大利原文。雪莱曾将该诗节的 1–51 行翻译成英文，单独命名为《玛蒂尔达采花》（"*Matilda Gathering Flowers*"）之三行体英文诗。雪莱英译但丁之作是典型的诗人式翻译，舍弃了部分原意，但色彩浓厚、音韵铿锵。雪莱于 1819 年 8 月与玛丽一起读过《炼狱篇》原文，大约在同一时间，玛丽开始创作本书。此处中译文系本书译者参考雪莱与朗费罗两种英译文后，尽量从但丁原文译出，并使引文与上下文弥合。——译者注

接下来，我一遍又一遍地默诵《神曲》中关于天堂入口的美丽篇章，并想象自己在河岸边漫步，忽然见到光柱从天而降，离别已久的父亲随即降临到我身边：那该是多么美好的情景啊。我想象着，在我满怀期待地等待的时分，岸边生长的鲜花是什么样子，我又将如何为自己编织一顶花冠，快乐地戴在头顶。我会唱着《河畔之歌》[①]——那是父亲最喜欢的一首歌——让我的歌声穿过无风的天空，向坐在奇异的华盖之下，等待着重逢的父亲宣告：他的女儿来了。然后我眉间的哀愁将会隐退，我将勇敢地抬起头来，与他四目相对，而他柔和的眼波将永远蕴含着无瑕的纯爱。我想象着那对深邃眼珠中的魔力，禁不住又流下泪来，却不敢哭出声，生怕我的啜泣惊扰了这幅神圣的图景。

我陷在幻想之中无法自拔，一面信步前行，直到真的弯下腰去想要采一朵花，才猛然惊觉自己是在

① 原文为“Sul Margine D'un Rio”，直译为《在河岸边》，是罗伯特·博查尔（Robert Birchall）于1800年前后在伦敦出版的一首歌曲。——译者注

寸草不生的荒原之上。白日梦做完了,我发现自己迷了路。

日头已西沉,晚霞上的最后一丝玫瑰色也将褪尽。风吹过原野,我茫然四顾,不知身在何方。我徘徊着,徒劳地寻找归途,可渐渐深重的暮色使我辨不清踪迹。终于,夜幕笼罩了一切,我疲惫不堪,又想起女仆今晚要回附近的村落过夜,所以就连我失踪的事情也将无人知晓。不过旷野上倒是没有什么危险的生物,在这里过一晚也无妨。走了这么远,我真的太累了。夜风苦寒,但我已不在意身体方面的不适;何况我想自己两年独居于此,不辞寒暑四处漫步,也早习惯了这里的气候。

我躺在草地上,由深沉的黑暗包裹着身子。这处孤寂的原野上并不生长乔木与灌木,鸟兽无法安栖于此,只有昆虫是这里仅有的居民——而在这悄无声息的夜里,就连昆虫们都未曾奏响它们的安眠曲。空气中有种奇妙的寂静,让我的感官也变得安宁,灵魂却反而更加清醒。脑海里飘过许多散碎的形象,我在其中翻找,想要抓住一刹那的永恒。阴郁的宁静注满了我的心,意识渐渐模糊,终于消散在睡眠里。

醒来时,我发现在下雨。我全身湿透,四肢僵硬,因为在夜里受了寒而头晕眼花。细雨迷蒙,却冰寒彻骨;湿漉漉的头发缠在脖子上,又遮住了半边脸,我却连伸手拨开眼前那几绺湿发的力气都没有。暮色已淡,东方乌云稀薄之处,依稀露出了后面的月轮——

斯月虽如盈,
云后晦且微。[①]

月亮使我重生希望——或许可以凭借它来找到回家的方向。但我浑身无力,拖着沉重的步子,走一会儿,就在潮湿的地面上歇一会儿,花了好长时间才回到我的小屋。

我特别提到这个夜晚,是因为它使我加速冲向这出悲剧的终章,缩减了我长年累月的乏味悲伤。回来后我便重病卧床,几乎无力脱掉贴在身上的湿衣

---

① 引自柯勒律治的长诗《克丽丝塔贝尔》(*Christabel*)。——译者注

服。到上午，女仆回来时，只看见我发着高烧，奄奄一息地躺在自己房间的地板上。

我病了很长时间，高烧刚退，又出现了肺痨的症状。一开始我并未察觉，感到身体极度虚弱，也只以为是高烧的后遗症。但我的体力日益减退，入冬后又开始咳嗽，双颊凹陷苍白，面部潮热。这一连串的症状终于使我警醒，意识到自己长久以来盼望的那一刻终于到来：我就要死了。

自从发烧起，我便请了一位医师，他这会儿刚刚离开。我坐在火炉旁，望着他留下的处方——洋地黄是其中的一味主药。

"是呀，"我喃喃自语道，"我明白是怎么回事了。说也奇怪，我欺骗了自己这么久。我马上就要纯洁无瑕地死去，这可比服用鸦片更让我快乐！"

我起身慢慢走到窗前，只见宽阔的原野上覆盖着积雪；阳光穿透仿佛结了霜的纯净空气，投射下来，照得白雪晶莹闪亮。我露出平静而快乐的笑容，并想到这样的快乐与平静将会连绵不绝。我不禁把自己的想法化作言语，跟我眼前的景物说起话来：

“我向你致意，灿烂的太阳，还有你，洁白的，美丽而冰冷的大地！也许我看不到你重新披上绿装的样子了，来年春天，芬芳的鲜花将会在我的坟墓上绽放。我即将与你告别……这个总是忙着胡思乱想的活泼灵魂已经不再属于你，很快就要飞往别的国度；而这具衰朽的身躯，将会毫无知觉地躺在你的胸怀中——

托体同石木，
永旋随此星。①

“我的灵魂离开之后，留下的躯壳将与你，与我们的宇宙母亲混为一体。我爱过你；无论在欢乐或悲伤的日子里，我总是用生造出的狂想，打扰着你的寂寥。我爱过森林、湖泊、群山，与它们有过不浅的缘分；还有你哟，太阳！你总对我微笑，又照耀着我孤独

① 引自华兹华斯《露西》（“*Lucy*”）组诗中的一首。该组诗是写给一位平凡少女的悼诗。——译者注

的灵魂，伴它产生无数鲜活的、如今将要随我一同死去的想象。你这美丽而寂寞的原野，你这林木与江河，将由母亲的风吹拂着，或在正午的烈日下静止低伏——你们将会继续存在，尽管我对你们的感情，与常常将你们扭曲成奇怪形状的梦境，都将随我而逝。你们会存在于别人的心里，化作属于别人的形象。你们会在人们的意识中变幻万千，随心而动，自己的真形却又始终如一。这些反映你们容颜的意识之镜，其中有一个特别迷恋过你们的，马上就要碎了，归于尘土。但永远丰饶的大自然还会不停制造出新的来，我的逝去不会对你产生丝毫的影响。

"你亘古不变，而我只是一个转瞬即逝的影子。请接受我心存感激的告别吧！我怀着快乐离开你，最后看你一眼，心中满是温柔的谢意。再见了，天空；再见了，田野与森林；再见了，满山遍野的花朵；再见了，山峰与河流。我向芬芳的空气，还有强劲的北风，道一声最后的再见。我不会再流一滴眼泪，因为任务已经快要完结，我将在这漫长而繁重的烦躁与痛苦之后获得酬报。请在你的孩子死后继续祝福她吧，就像她祝福你一样；请让我在寂静的坟墓中安眠。"

说完，我感到死亡已经迫近，心中却非常宁静。我不再绝望，平和地举目四望。我喜悦地感受着自己体力的流逝，一遍遍对自己说，日子一个接着一个过去，但我将看不见深秋的红叶了；在那之前，我便会与父亲团聚。我庆幸伍德维尔不在身边，因为我在生命的最后时分只想看到欢笑，不愿看他难过的样子。我给他写的最后一封信中谈到了我的病情，但没说自己大限将至，免得他出于朋友的义务赶来陪我，用泪水冲垮我胸中的安宁。我细致地安排自己的后事，非常开心。说实在的，我已经爱上了死亡；我想象自己的躯体被裹在尸衣中的样子，心里比每一个憧憬着婚纱的女孩都要快活。那不就是我的婚纱吗？只有穿着它，我才会去到父亲身边，我们的灵魂永远结合在一起，再也不分开。

我不打算再详述自己衰弱濒死时的感受。那个过程很快，却没有痛苦，反而让我有一种陌生的快意。这么多年了，平静终于又一次降临。我不再殚精竭虑地哀怨、歇斯底里地流泪。我不再拿自己的痛苦与不幸去责怪太阳、大地与天空。这一生混杂了极浓郁的甜与极浓烈的苦，如今，只须静静等候着最后一刻的来临。我并不是没有享受过人生便死去：先是十六个年头的幸福；父亲归来的头几个月，更抵得上无数个世代所凝聚的快乐。现在我已在哀愁中老去，步履虚浮，暴躁易怒，不适合再活下去了。我在地上只生活了二十年出头，可比起许多自然老死的人，我倒更适合那一方狭窄的墓室。

我反复回顾自己短暂人生中的一幕幕场景：如果世界是一个舞台，唉，我所扮演的就是一个古怪的悲剧角色！从幼年时代起，我便被剥夺了孩童本应享有的亲情，只与自己孤独的内心朝夕相处。我所拥有的快乐并不正常，全由幻想而非现实构成。我不是主角，而是观众，遥望着大地上神奇的灯火。然后，人生中转折性的一刻到来，使我的灵魂复苏了：父亲归来身边，我终于可以朝着一颗人心倾注温情，天地日月都焕然一新，生命之水也波光粼粼。欢乐啊，多么欢乐啊！——可是，悲伤突然袭来！便如夕阳照在山间的余晖，匆匆扫过森林与谷地，徒留下黑暗与空虚；我的幸福时光比那还要短暂，疯狂与痛苦接踵而至，绝望淹没了一切。

这便是此时此刻，我在纸上记录下的人生剧本。

记录工作已持续了三个月。哀伤的记忆令我眼中涌出泪水;快乐的记忆,则为幸福的背影染上一圈温暖的光晕。现在,泪水已经流干,光晕也已褪色。这项工作即将结束,我最后的几句话语,伍德维尔,是与你诀别的留言。

再见,我唯一在世的朋友,你是我与生命之间仅存的羁绊。现在我要斩断它了。离别并不让我感到痛苦,希望你也不要因此过于悲伤。你不把我当成尘世中的凡人,似乎我是遭受神罚,才被放逐到这个阴影中的世界,在此淹留片时,悲泣着渴望回归。你会哭的吧,不过那一定是温柔的眼泪。为了减轻你的哀惋之情,我想告诉你:请露出笑容,祝贺我摆脱了你曾见证我经受的痛苦。我要对你说,伍德维尔,为你的朋友高兴吧,我胜利了,得到了至高的幸福。但我不能这样说。对于生者,这些话并不是安慰;人们的泪水,其实是为了自己的不幸而流,而不是为了逝去的故人。不,当你想起我的时候,还是为我洒几滴真诚的泪水吧。如果你来我的坟前,请在这里摘一朵鲜花,把它贴在你的心上。因为关于我的全部记忆就藏在那里,你的心就是它们唯一的坟墓!

死神在迅速靠近我，而你不在身边，不会见证我灵魂的飞升与消逝。你不必为此感到遗憾，因为对于生者来说，死亡是一件过于可怖的事情。[①]它是一场灾祸，只会伤害而非净化你们的心灵；是一种莫大的悲伤，只会让你们的感情僵硬麻木。当我追赶父亲来到海边，却只看到他的尸体时，那一幕多么令人恐惧！但就我个人而言，我还是希望能够看着他的知觉逐渐消失，脉搏渐渐微弱，不眠不休地凝视着他最后的生机被死神吞噬。看着他仍然具有生命的肢体，明知道它们马上就要失去生命；看着他唇缝间吐出的热气，明知道这气息很快就会变得冰冷——好了，我不再说这些可怕的话了，其实是你有过这样的经历，我却没有。你有一种淡淡的忧郁气质，而当回忆往事的时候，你的心就会充满苦涩的绝望。

就这样，我的身体一天天地衰弱，生命的火苗随时都会熄灭，油尽灯枯。我看见了五月欢快的阳光。四年前的五月，我第一次见到亲爱的父亲；三年前的

---

① 作者玛丽·雪莱写作此书之前，曾经历过她的两个孩子克拉拉（Clara）与威廉（William）之死。——译者注

五月，愚蠢使我失去了唯一注定要爱的人；又是一个五月，我走了。三天之前，我与你相遇正好一周年。唉，我整整一天想着我们即将永别，情绪起伏，生不如死。然后，我强撑着又一次望向大自然的容颜，强撑着让女仆把我带到几英里外的草地上。这里的草地刚被修剪过，青草的香味在原野上弥漫，大地万物欣欣向荣。黄昏已至，我看着西下的斜阳。三年前的那一天，那一刻，阳光透过山毛榉的枝叶洒下来，光影在他的脸上蹁跹，那是我最后一次望着他的脸。现在，我又望着这个神圣的天体，望着它将云霞镀成辉煌的色彩，然后沉到地平线下面。太阳消失了，从这个我苦苦追寻着他，他却已经不在的世界消失了。为什么我哭得这样难过？为什么我想要抛掉压在心上的苦痛哀愁，却终归徒劳，就像试图抛掉压在海床之上的大海？我马上就要离开这个他已不复存在的世界，和他在另一个世界重逢。[①]

再见，伍德维尔。我坟墓上的草很快就会碧绿一

---

① 此处玛希尔达对伍德维尔直抒胸臆，但同时直到最后，她也在关键之处说得非常含混，有意误导对方将她所爱之“他”，与她的父亲看成不同的两个人。——译者注

片，紫罗兰也将在那里盛开。我的希望便全部寄托在那里了；而你的希望还属于这个世界。祝你得偿所愿。

译后记

1819年，玛丽·雪莱写下《玛希尔达》(初稿原名《幻想的原野》)时，她刚刚连续失去了一对年幼的儿女，陷入到巨大的痛苦与抑郁之中，这在很大程度上为本书定下了哀婉怨艾的基调。作品以女主人公弥留之际回顾短暂一生的视角展开，具有鲜明的个人色彩和浪漫主义时代直抒胸臆的风格。书中的三个主要人物似乎能与作者及其名满天下的父亲与丈夫对应起来——尤其是她的丈夫雪莱，直到今天仍是家喻户晓的诗人——因此当本作面世之后，它不可避免地被看作一部经过变形掩饰的自传性作品，吸引了部分考据者的兴趣。

《玛希尔达》的人物和部分情节确实能在作者的生活中找到原型。女主人公玛希尔达出生不久母亲便去世，由父亲养大；作者玛丽·雪莱也有相似的经历——她出生仅十余天母亲便撒手人寰(她母亲是玛丽·沃尔斯通克拉夫特，英国作家，女权主义的一位先驱)，她由父亲(威廉·葛德文，英国学者，主张社会变革)和继母养大，玛丽比较依恋父亲而与继母关系紧张。男主人公伍德维尔是一位“名动英伦”的年轻诗人，在与女主人公相遇之前曾有过一段刻骨铭心的恋情，热情洋溢地憧憬着建立未来的理想社会；不难看出，其身份、经历、思想都与作者的丈夫珀西·比希·雪莱如出一辙。女主人公与其父亲之间复杂的情感纠葛，也在一定程度上反映了作者因与丈夫私奔所导致的与父亲的紧张关系。

然而，简单地将本书看成自传体小说，很容易堕入庸俗化和娱乐化的陷阱。书中的核心情节，即父女之间的感情冲突，与作者的现实生活并无任何瓜葛。在玛丽所处的时代，这类主题在文学作品中颇为常见，而且她很有可能受到了丈夫同年创作的诗剧《钦契一家》(1819)的影响，该剧中亦有表现父女之间的极端恩怨。事实上，完成《玛希尔达》的次年二月，玛丽便将书稿寄给父亲，后者也坦率地从文学批评角度给出了意见。

如果一定要寻找作品的现实源头，女主人公对于感情的恐惧与逃避心理，与作者在现实中的父女关系相比，或许更多地来自她与雪莱的夫妻关系，反映了她与丈夫相处时类似的内心冲突。诗人雪莱对恋情的态度极为激进，公开赞赏开放式的两性关系——这在当时可谓惊世骇俗，直到今天也远非社会主流。雪莱少时便喜欢与女孩子混在一起，后来因在校园宣扬无神论被牛津大学开除后，与自己姐妹的同学——十六岁的哈丽特·维斯布鲁克私奔，结婚生子，两年后又在婚姻存续期间与时年十六岁的玛丽陷入爱河。雪莱是玛丽父亲葛德文的学生，玛丽的父亲与继母对他毫无戒心，直到雪莱与玛丽私奔而去才如梦方醒。玛丽的继姐妹克莱尔协助二人私奔，同时自己也怀着对雪莱的爱恋追随相伴。玛丽与她之间一度关系紧张，后来克莱尔才移情同时代的另一位名诗人拜伦，成为后者的诸多情妇之一。1816年底，雪莱妻子哈丽特自杀，玛丽正式嫁给雪莱。她一方面被丈夫卓越的诗才和不羁的思想深深吸引，但自己亦有保守的一面，本能地拒斥他那些过于出格的念头和做派。雪莱曾怂恿玛丽在光天化日之下脱光衣服下河洗澡，导致她暴怒不已；他甚至支持自己的一名朋友与玛丽发展感情，这同样遭到了玛丽拒绝。与如此种种相比，《玛希尔达》一书中的复杂情感反而要唯美得多。

十九世纪初，在资产阶级的革命思想与保守的封建道德发生碰撞时，前者在宏观视角中的“进步激情”和在微观视角中的“寡廉鲜耻”看似矛盾，却正是一体的两面；时代中的个人面对新思想与旧世界的冲突，激进与保守的对立，内心矛盾的复杂程度也远非旧历史主义的宏大叙事所能一语蔽之。而这样一种兼具了悲壮与荒唐的时代洪流，却在女性哀怨曲折的视角下，华丽与怪诞交融的文风中，锋芒不显、波澜不惊地滴淌出它幽微的余波——这或许才是这篇作品最深刻，也是最隐蔽的意义吧。

在十九世纪英国群星璀璨的女作家群体中，与简·奥斯丁、勃朗特三姐妹、乔治·艾略特等相比，玛丽·雪莱著作相对不多，被世人铭记的，主要还是世界上最早的科幻小说《弗兰肯斯坦》。在中国，也以此作译本最多，其余作品鲜有译介。本书是《玛希尔达》的第一个中译本，历经六年曲折后终得出版，希望能够填补相关研究与鉴赏的材料空白。

最后顺带一提，译者在翻译本书时尽力还原原作风格，也尝试创造独属于中译文的些许滋味。此外原书中所引诗文，或译为旧体，或译为新体，有时根据非英语原文或背后典故适当增补调整，这是因为小说中的引诗并非独立的审美客体，多是为所属语境的表意服务的，因此需要从小说本体视角而非诗歌本体视角出发，以顺利衔接上下文为标准，但求圆融通畅。

王小可

2021 年 1 月于成都